Ryo Matsushima

松島 令

平成「方丈記」

3・11後を生きる仏教思想

＊自由訳プラス

言視舎

序詞

一　津波浸水域より

人は一生かかって自分は死ぬということを学ぶ。

東京在住の人間が、原子力発電のリスクを福島に転化することはできても、自分の死を福島県人に転化することはできない。

自分の死は、ほかの誰でもなく、自分自身が死ななければならないからだ。

東日本大震災による死者たちは、東京在住の人間の代わりに死んだのではない。それぞれ、おのれの死を死んでいるのである。東京在住の人間の死は、ほかにやって来るということだ。

東日本大震災による被災者たちは、東京在住の人間の代わりに被災したのではない。被災地でボランティア活動をしても、しなくとも、東京在住の人間に降りかかるかもしれない大災害は、そのときが来れば、降りかかるものである。

史上最大の激甚災害に見舞われてひと月半、ここ全壊した仙台港を望む自宅マンションの窓外に、大津波の残潮と春雨が入り混じる情景を眺めながら、本稿を綴り始めなければならない。

二　大津波を直視して

二〇一一年三月十一日の午後四時頃のことであった。

「七北田川《ななきたがわ》に人が流されている。車も、家も」そんなささやきが宮城生協高砂駅前店の屋上に避難した人々の間に走った。

そこから二百メートル南の堤防の、幅と高さぎりぎりに大津波が遡上《そじょう》を繰り返していた。

「仙台港に十五メートルの津波が来たんだ。もう産業道路まで水が来ているぞ」

海岸線から五キロメートル、長方形に内陸に入り込む仙台港の最奥部から二キロメートル地点を南北に走る、東部道路の高架橋の下に沿った幹線の産業道路が、通行車両ごと波に浸っている。

ゆるやかな弧を描く仙台湾への大津波の到達は、北域の三陸や南域の海浜より遅れていた。午後二時四十六分頃の未曾有の激震からおよそ一時間、この世の底が壊れたように延々と続く余震、激しく降りしきる雪、仙台港一帯にいくつも扇状の火炎と煤煙《ばいえん》が立ち昇っている。圧《お》しつけるような鉛色の曇天を渡るヘリコプターの爆音、不気味に鳴り渡り続ける大津波警報のサイレン。寒風にあおられる防災テントを飛び出して、雪に濡れて滑りやすくなった屋上の縁《ふち》から上半身を乗り出しながら、産業道路を越えて足下に迫る大津波を直視した。

上を走る東部道路の灰色と薄緑色の高架橋の向こうに、火炎と煤煙と夕闇と降雪に霞みながら、自宅マンションのシルエットが、非現実のスクリーンに映るかのように浮かんでいる。崩落していないのはわかったが、火災に巻き込まれるかもしれない。

「津波は第一波より、第二波、第三波のほうが高くなる恐れがあります」

緊急ラジオ放送のアナウンサーが緊迫した声で繰り返す。渋滞や交通事故を恐れて、最短距離の避難を選択したことが、もしかしたら間違いだったのではないかと思った。しかし、もうすでに仙台港一帯には夜の帳《とばり》が降り始めていた。しかも、通信・交通網が寸断され、他の地域の情勢がわからないので逃げようがなかった。海と化した東部道路の向こうに、自宅マンションを放置して遠く去ることも忍びなかった。

それより先に、同じマンションの知人が、仙台港にある勤務先の会社で大津波に呑まれたとは知らなかった。大津波が呑み込む二階の廊下、真横へ折れて一番奥の会議室へ。分流した怒濤が、渦巻きながら躍り込み、すぐ天井へと達していった。

余震が止まらず、避難した宮城生協高砂駅前店崩落の恐れから、そこでの夜明かしはできなかった。夜陰と残潮を突いて、たどり着いた仙台高砂市民センターは、被災者が玄関ホールや廊下にもあふれ、非常電源による照明も暖房も及ばない調理室で、凍えながら夜明かしした。

仙台高砂市民センターには、最大で千三百人の避難者が身を寄せたにもかかわらず、非認定避難所であることから、しばらく公的な援助物資を受けられなかった。それでも館長らの献身的な尽力により、同じく被災した周辺地域の中小企業の食糧支援に与《あずか》って、多数の避難者の命がつなぎとめられたのだった。わずかな菓子と飲み水でもなければ、コンビニもスーパーも壊滅した状況では、ほどなく餓死するしかなかったからだ。

東日本大震災の被災地の中では、多賀城《たがじょう》市沿岸部と隣接して、本格的な都市圏を大津波が襲った実例は、この仙台市宮城野区沿岸部しかないのだが、なぜか首都圏や東南海域の知人たちへ真実を伝えることができない無力感に襲われる。

数日後、止むに止まれぬ事情から、ライフラインの壊滅した暗く寒い自宅マンションに餓死すら覚悟で移った後、仙台港で大津波に呑まれた知人と会ったのは、マンション管理組合の理事会を傍聴した晩だった。

「よく助かりましたね」

「もう死んだと思いましたよ」

「これからもう滅多なことで死なないでしょう」

「そうだといいですね」人のよさそうな知人は清々《すがすが》しく顔をほころばせて笑った。

三　方丈記

東日本大震災から二十日を巡った日付が鮮やかな印象であった。

二〇一一年三月三十一日の消印も真新しく一冊の文庫本が送られてきた。それは、横浜在住の知己《ちき》が手配してよこしたのだった。古典の名文のひとつとして知られる鴨長明の『方丈記』が余燼《よじん》くすぶる仙台に届いたのである。

【目次】

＊「方丈記」原文については角川ソフィア文庫「方丈記」（簗瀬一雄・訳注）および岩波書店日本古典文学大系「方丈記 徒然草」（西尾實・校注）を参考にしました。

第一章　諸行無常

一　ゆく河の流れは絶えずして…

ゆく河の流れは絶えずして、しかも、もとの水にあらず。よどみに浮かぶうたかたは、かつ消え、かつ結びて、久しくとどまりたる例《ためし》なし。世の中にある、人と栖《すみか》と、またかくのごとし。

右の冒頭はあまりに有名ではないか。
中学校や高等学校の教科書で見知った人が多い。

それでも「方丈」の意味を問われると、「一丈（約三メートル）四方」のほか、住持《じゅうじ》すなわち寺の長である僧の住居、転じて住持その人をも指す、と知る人は少ない。

作者の鴨長明《かものちょうめい》は、平安末期の一一五五年、京都の賀茂御祖《みおや》神社（下鴨神社）の禰宜《ねぎ》の次男として生まれ、秀でた歌人かつ琵琶奏者として業績を残した。しかし、古い伝統を持つ格式の高い賀茂御祖神社の禰宜となる機会を生かせず、後鳥羽院の信望も、和歌所の寄人《よりうど》の職も捨てて、はじめは大原に出家し、日野の外山《とやま》に移って方丈の庵《いおり》を結び、そこで『方丈記』を記したのである。すなわち作者は、そのときもはや俗名の鴨長明ではなく、法名の「蓮胤《れんいん》」を名乗る法師にほかならない。そのため『方丈記』という題名には才知が感じられる。

鎌倉初期一二一二年の著作である。

というものの冒頭は、現代人が読んでも現代語訳はほとんど要らない。現代人にとって難しい古語がないばかりか、眼に浮かぶほどイメージが鮮やかだからだ。このことについて、以下に考察を深めていこう。

●仏典からの華

第一には、この冒頭が仏典に起因していることと密接している。釈尊が命のはかなさを語る比喩には、「露」や「泡沫《うたかた》」が印象的に混じるからである。「露命《ろめい》」や「水の泡」として、はかなさを表現する日本語にも定着している。

まず古墳時代から漢語として伝来した仏典は、しだいに平安末期から鎌倉初期に読み下されて、やがては広く大衆化されてゆく途上にあった。それ以前は以降と違って、漢文の解る貴族や僧侶だけしか仏典の教義に触れられなかった。しかし、鎌倉仏教の隆盛によって、武家や庶民の間にも仏説が流布されるのだ。とりもなおさず、それは釈尊の言葉を後代に伝えた仏典が根底となっている。

現代の日本仏教教団諸宗は、ほとんどが平安末期から鎌倉初期に端を発している。当時に漢語から読み下された仏説は、現代日本語の形成に重要な影響を与えながら、日本語と日本文化に今日まで脈々と受け継がれている。国語辞典を通読すれば、仏教由来の日本語がいかに多いか一目瞭然である。

中古からある律宗、天台宗、真言宗は別として、臨済宗、浄土宗、浄土真宗、曹洞宗、法華宗、時宗はすべて、中世の鎌倉期に隆盛した教団となり、それ以降の時を経て今日に仏説を伝えている。専修念仏《せんじゅねんぶつ》や只管打座《しかんたざ》や法華至上と、それぞれに命懸けで「一行」を選び抜いた諸宗の開祖の教化も脈々と今日に及ぶものだ。これらは『方丈記』冒頭に現代人にとって難しい古語がないことに、重要な文化史的観点から答えを与えている。

そのうえ『方丈記』の叙述形式は、表向きは手記の体裁を採りながら、実情は大衆に向けた「語り」だろう。同時代の『平家物語』、くだった『太平記』も、ともに琵琶法師による「辻語り」だった。仏僧が琵琶を弾奏しながら、通りの辻で大衆に語り聞かせた教化である。名高い歌人で琵琶の名手である法師の著作『方丈記』もまた、そんな匂いを漂わせている。それらの縁《よすが》である仏典そのものが、そもそも「釈尊の語り」であることとも無縁ではなさそうだ。仏典の諸経すべてが、釈尊が語ったこととして、仏説を綴《つづ》っているのである。

●詩によって語れ

第二には、長明が秀でた歌人であることに収まるだろう。

新古今和歌集に十首が入集し、源実朝の和歌の相手をしに鎌倉へくだった。琵琶の腕前も秘曲づくしをして妬《ねた》まれ、後鳥羽院からは琵琶を求められもしたようだ。そもそも芸術家肌の人であろうが、ふさわしい研鑽を積んだ少数者でもあろう。

ここで冒頭の中身を見れば、それはシンプルで明瞭なたとえ話にほかならない。

ゆく河の流れの「水」。よどみに浮かぶ「うたかた（泡沫）」。ともに描写が眼前にあるような現実感を漂わせ、みずみずしくあふれるような情景である。水面を凝視する描写の視点が、難なく読者を河岸に運んでしまうのである。「うたかた」は水泡の意味で、現代も「うたかたの恋」のような比喩を育《はぐく》む、はかなさの代名詞である。

そもそもが、冒頭の「水」も「うたかた」も、そのものを描くためだけのモチーフ（素材）ではない。「かくのごとし」の結びにかかる比喩にほかならないのだ。ひとつの哲理を可視的に語るための会心の比喩として、始めから周到に用意されている。すなわち「あらゆるものは生まれ、移り変わって死にゆく」という——この世の万物のはかなさを象徴的に詠《よ》んでいる。

長明が秀でた歌人だから詠めたのだろう。そこに詩情があるかぎり「散文」の体裁を採《と》ろうとも「詩」にほかならない。哲学者ハイデッガーは晩年に「私の思想は詩で語られるべきだったかもしれない」と言ったが、そういう意味では詩で哲理を語った長明の手法は、究極的な賢明さを含んでいる。そればかりか、仏典における「釈尊の語り」にあっても、「詩」や「呪《しゅ》」や「偈《げ》」が常套手段となっているのを見れば、そういう特別な「詩情」がこもった叙述には、「超散文的」で「摩訶不思議な力」が宿るものと、まさに推《お》して知るべしであろう。

●「諸行無常」の哲理

第三には、ここで語られる哲理は、この世の森羅万象《しんらばんしょう》が「生成、発展、消滅」から逃れられない——であり、古今東西の哲学的認識の基礎中の基礎にほかならない。古代ギリシア哲学でも、「万物は流転する」（ヘラクレイトス）と語られる。ペルシャ詩人オマル・ハイヤーム『ルバイヤート』の主題も万物流転。また、プラトン哲学の「現実界」もカント哲学の「現象界」もショーペンハウエル哲学の「表象界」も、この世の森羅万象の恒常性を認めない。

それを仏教哲理では「諸行無常」と言い表すのだ。仏教的認識の始めの一歩である。これは思春期の青少年でも難なく学ぶことができる哲理であり、不惑を過ぎた人間には、避けて通る余地のない必須課題にほかならないだろう。仏教哲理の鍵が、次のステップの「諸法無我」の認識にあると言われることは知っているが、ここでは『方丈記』に従って「諸行無常」を学び返すのが妥当だろう。

●古語からの「言霊《ことだま》」

第四には、誰かがどう現代語訳を試みても、恐らく最も尊ぶべき「詩情」を逃すに違いない。なぜならば古語であること自体が「かみ（昔）の言葉」なのだからだ。「かみ」は「神」に通じるため、「かみの言葉＝古語」から「ひとの言葉＝現代語」に訳すこと自体が「神威の失墜」であろう。

一例として、フランソワ・ヴィヨンの名訳詩「そのかみの美姫の歌」は「さあれ去年《こぞ》の雪いづくにありや（富永太郎『鳥獣剥製所』中の引用転載）」のリフレインが印象的であるが、それを現代語に訳すことなど恐ろしいほど興ざめである。

補足すれば「詩情」の極まった先に「聖性」がある。あらゆる宗教の本質は「聖性」であると考えられ、仏教哲理の初歩を「詩で語った」長明の賢明さは、ここでもふたたび是認されるのである。

●静穏な果実

第五には、第一から第四の要素が美しく絡《から》み合い、溶け合って、絶妙な成果がもたらされた。冒頭「ゆく河の流れは」が結び「かくのごとし」に達した刹那《せつな》に、比喩のモチーフである「水」と「うたかた」のイメージは、「諸行無常」の仏教哲理を可視化しながら、この世のあらゆる人々と家々の不可避の宿命に降りかかって、快く胸の奥をえぐるようなオーバーラップ（二重写し）をもたらすのである。

●無常の比喩

長明の言葉になお耳を傾けるため、あえて拙訳を添えよう。

ゆく河の流れは絶え間なく、しかももとの水ではない。よどみに浮かぶ水泡は、消えたり、結んだりし、久しく留まった例がない。世の中における、人と棲家は、またこのようである。

●比喩の真髄

ゆく河の流れは「空」。水、水泡、人、棲家は「色」。すなわち「色即是空《しきそくぜくう》、空即是色（般若心経）」となろう。

＊　　＊　　＊

玉敷《たましき》の都のうちに、棟を並べ、甍《いらか》を争へる、高き、賤《いや》しき、人の住ひは、世々を経て、尽きせぬものなれど、これをまことかと尋ぬれば、昔ありし家は稀《まれ》なり。或《あるい》は去年《こぞ》焼けて、今年造れり。或は大家亡びて、小家となる。住む人もこれに同じ。所も変らず、人も多かれど、いにしへ見し人は、二三十人が中に、わづかに一人二人なり。朝《あした》に死に、夕《ゆうべ》に生《うま》るるならひ、ただ水の泡にぞ似たりける。

『方丈記』訳

宝玉を敷きつめたような麗都のうちに、棟を並べ、甍を争う、高貴な、卑賤な、人々の屋敷は、幾世代を経て、尽きないものであるが、これを真実かと尋ねれば、昔も今もある家は稀でしかない。よく検《あらた》めれば、去年に焼失し、今年に再建している。また別の場合は、大きな屋敷が滅び、小さな舎宅となる。住む人もこれと同じことだ。ところも変わらず、人も多いのであるが、遠い昔に見た人は、二、三十人のうち、わずか一人二人である。朝に死に、夕べに生まれるならわしは、ただ水の泡に似るばかりである。

もしも平安京を同時代に生まれて見ることができたなら、それはほんとうに「宝玉を敷きつめたように美しい都」だったのだろう。現在でも古い京都の街並みは、風情があって麗《うるわ》しいと感じられるが、それが唐都長安にならって整然とした九条四坊の碁盤の目いっぱいに、波打つ甍の盛られた往時の風景は、眼が覚めるほど美しかったに違いない。

平安初頭・七九四年に開かれてから、四百年の歳月を経た往時もすでに古い都であった平安京のうちにおいては、そのときまで数々の栄枯盛衰が繰り返され、貴賤を問わず家々も人々も移り変わってきたろう。昔からある家は稀であり、昔から見る人も数少なくなってゆく。いかに玉敷きの都といえども、そこにある家々も一軒として、そこに暮らす人々も誰一人として、徹頭徹尾「生成、発展、消滅」の根幹哲理からは逃れられないものなのだ。

永続する家などないし、死なない人などいない。この世の森羅万象とは、常ならざるものであろう。そのうちでも人にとって、人の生き死にほどはかないものはない。

どんな財産でも、人の命の数分の一である労働によって生み出される。その最たるものである家は、ときとして数世代に渡って受け継がれたりもするが、そうであろうとも人の命の財産への転化にほかならず、それすらあくまでも永続し得ないものだ。人の命も家もまたともにはかない。「朝に死に、夕に生るるならひ、ただ水の泡にぞ似たりける」であろう。

＊　＊　＊

知らず、生れ死ぬる人、何方《いずかた》より来たりて、何方へか去る。また、知らず、仮の宿り、誰が為にか心を悩まし、何によりてか目を喜ばしむる。その主と栖と、無常を争ふさま、いはば朝顔の露に異《ことな》らず。或は露落ちて、花残れり。残るといへども、朝日に枯れぬ。或は花しぼみて、露なほ消えず。消えずといへども、夕べを待つ事なし。

『方丈記』訳

知りはしない、生れては死ぬ人が、どこから来てどこへ去るのか。また知りはしない、この無常の世の仮初《かりそ》めの宿りに、いったい誰のために思い煩《わずら》って、なにゆえに虚《むな》しく五感を喜ばせるのか。その主人と棲家とが、無常を争う様子は、いわば朝顔と露とに異ならない。あるときは、露が落ちて、花が残る。残ると言っても、朝陽に枯れてしまう。あるときは、花が萎《しぼ》んで、露がなお消えない。消えないと言っても、夕べを待つことがない。

永遠の哲学の課題として残ると言われるのが「人はどこから来てどこへ去るのか」ということだ。どれほど科学が発達しようと、答えられることのない最後の問いがこれと見られる。知らず、とする長明の自問自答の姿勢は、倒置法による強調の表現と絶妙に響き合い、そうして哲理と詩とを抱き込みながら、至当に物語っているのである。

さらには、人の苦しみはどこから生まれるのであるか。永続しない人の命や、命の数分の一たる家などの財産を永続し得ると思い込み、しがみつくときから多くの苦しみが始まる。この世の森羅万象は永続しないのが根本哲理であるにもかかわらず、人の五感と意識と無意識と古《いにしえ》からの超無意識とは、そんなはかない森羅万象に執着するように働くのである。

ここで仏説の八識では、人の眼《げん》、耳《に》、鼻《び》、舌《ぜつ》、身《しん》を五識、それらの総合的な働きである分別の意識を六識、それらの内奥から働いて影響を及ぼす自我的な無意識である七識を末那識《まなしき》、そして、さらなる内奥を織り成す古来的な蔵に喩《たと》えられる、超越的な無意識である八識を阿《あ》頼耶識《らやしき》と言う。それらすべてが複雑に絡み合いながら、阿頼耶（梵語の漢語訳で蔵を表す）

識に蓄えられた遠い古からの妄執の染みつく見方を働かせる。それによって人は、この世の森羅万象が常ならざるにもかかわらず、逃れ難く宿命的にしがみつくために苦しむ。

しかるに、この第六の意識を滅ぼすことにより、ほかの七識はおのずと滅ぶものと説かれる。それにより森羅万象を成り立たせる真如《しんにょ》（色即是空、空即是色など）に参入するのがすなわち釈尊の語った寂滅涅槃《じゃくめつねはん》であり、悟りを開いて仏陀となることそのものであると説かれる。

ふたたび諸行無常に戻ろう。仏説では入口と出口とが異なるものではない。入口にいながら出口にいて、出口にいながら入口にいるのである。つまり仏教的世界観においては、そもそも入口と出口とは同じところにあるからだと考えられるのだ。

そして、常ならざるこの世の諸相に縛られて悩み苦しむ心も、奪われて溺れもがく眼も、悟りと離れたものではない。麗しい花の色も涼しく結ぶ露も、いかように愛《め》でても常ならざるものであるが、愚者は鮮やかに省みようとせず、鮮やかに省みても長く留まらず、長く留まってても稀でしかない。人の命も常ならざるものであるが、やはり鮮やかに長く留まり難い捉え方である。

それだから、「その主と栖と、無常を争うさま、いはば朝顔の露に異ならず。或は露落ちて、花残れり。残るといへども、朝日に枯れぬ。或は花しぼみて、露なお消えず。消えずといへども、夕べを待つ事なし」が鮮やかに心に染みるのである。しばらく虚妄から覚めて、真如の一端を堪能するのである。

みずからの命も他人の命もともにはかないと悟りながら、みずから命を絶ったり、他人の命を奪ったりできるだろうか。もしも第三者の命を救うという目的がなければ、それは悟っていないからではないか。一つしかない浮き輪を他人に譲って沈んでゆく牧師は、悟りながらみずからの命を絶ち、人質救出のために凶行犯を射殺する狙撃隊員は、悟りながら他人の命を奪うとして。医師で神学者のシュバイツァーは、著書『水と原生林のはざまにて』の舞台であったアフリカの密林の診療所の生活において、夜分に室内に迷い込んだ蛾を殺さず窓外に逃がすのが常であった。ナイル川をさかのぼる船から河馬の群れを眼にしたとき「生命への畏敬」の思想に打たれたからである。

ここで釈尊が、人の命を喩えて水、泡沫、水泡、露、花などを指すとき、どれもはかないのであるが、それは汚濁のもののイメージではなく、それよりむしろなにがしかの美すら漂わせるのではなかろうか。美しいものの喪失を惜しむ心に訴えるための喩えであるから、もちろん絶妙なのであるのはいわゆる釈迦に説法であろうが、それだけではなく、そもそも人の命を慈《いつく》しみ、そのはかなさを悲しんでいるからではなかろうか。

「慈」は梵語《ぼんご》マイトレーヤ（Maitreya）の訳として真実の友情や純粋な親愛を示し、「悲」はカルナー（Karuna）の訳として哀憐《あいれん》や共感を指している。愛欲や渇愛のような執着を持たない、生類《しょうるい》すべてに及ぶ平等の愛、これを「慈悲」と呼ぶのである。長明が朝顔の花と露に喩えを取ったのは、したがって絶妙と言わざるを得ない。

このように、長明は哲理を詠《うた》ったのであって個人的な情緒を語ったのではない。つまり『方丈記』という古典の名文は、表面的な言葉の意味からや、個人的な情緒からは読み解くことができない。知らず、なんぞ学ばざらんや。

第二章　火風禍（外面の苦）

一　火の光に映じて、あまねく紅なる中に…

予《われ》、ものの心を知れしより、四十《よそぢ》あまりの春秋をおくれる間に、世の不思議を見る事、ややたびたびになりぬ。

『方丈記』訳

私は、もの心ついて事物の道理を知ってから、四十あまりの春秋を送ってくる間に、世の中の不思議を見ることが、しだいにたびたびとなった。

人知の及ばぬことが多々あることは過去でも現在でも変わらない。最新の科学をもってしても、東日本大震災のような巨大な災厄《さいやく》が襲いかかろうとは、誰も夢にも思わなかった。そして、超本震級の熾烈《しれつ》な余震に見舞われ、仙台市宮城野区沿岸部の多くの建物がそのとき潰れるとも、いかなる地震学者も予言にすら及んでいなかった。

地質学の成果として最も感心したのは、「二億五千万年後、人類の全歴史は地球を覆う地層の膜と化す」ということだ。人、家、超高層ビル、寺院、墳墓、鉄道、ハイウェイ、スフィンクスなどすべてを含めて。そこに人類の子孫の姿はもう見当たらない。

安心してよい。そこまでは誰も生きていないのだから。長く生きていれば確かに、確率的に世の不思議を多く見ることになる。しかし、それすらも確かではない。東日本大震災の大津波で夭折《ようせつ》した魂は、幼くしてその末期《まつご》を未曾有の激甚災害で締めくくった。思春期から四十余年の命を与《あずか》った長明は、耳順《じじゅん》の領域へ及ぶことによって、みずからの人生において起こった地水火風禍を振り返る余地を授《さず》かったとも見られよう。

ここからは、それら長明の見聞した地水火風禍をわれわれも疑似体験してみようではないか。いわばそれらは、多かれ少なかれ誰の人生においても避けて通れない「外面の苦」であろう。それらに対し、東日本大震災からの「返歌」によって、できるだけ現代との間にささやかな橋を架けてみよう。

＊　　＊　　＊

去安元《いんじ》三年四月廿八日かとよ。風烈しく吹きて、静かならざりし夜、戌《いぬ》の時ばかり、都の東南《たつみ》より、火出《い》できて、西北《いぬゐ》にいたる。はてには、朱雀門・大極殿・大学寮・民部省などまで移りて、一夜のうちに、塵灰《ぢんくわい》となりにき。

『方丈記』訳

去る安元三（一一七七）年四月二十八日だったろうか。風が激しく吹いて、静かではなかった夜、戌の刻（午後八時、その前後二時間）のほど、都の東南から、出火して渡り、西北に至る。果てには、朱雀門・大極殿・大学寮・民部省などまで火が移って、一夜のうちに、塵灰となってしまった。

一一七七年、現在より八百余年前のことである。朝廷の中枢が一夜にして塵灰と化すほどの大火事があった。平安末期、朝廷が統治する我が国の都・平安京を、現代の首都である東京に置き換えてみれば、東京駅・国会議事堂・文部科学省・総務省などが焼け落ちたと考えればよかろう。機能的にはそんなところだろうが、領域的には永田町や霞が関や丸の内あたり一帯が、ことごとく焼失したような災厄が想定されてくる。

ということは国家機能が壊滅しているということだ。国家経済の中枢も消失してしまったと見てよい。

烈風に煽《あお》られた火災が、現在の京都駅から天満宮へかけて、中心街を斜め末広がりに渡った模様である。それが「東南より北西へ至る」であり、現在の東京に置き換えてみれば「北東から南西へ至る」となる。二つの半開きの火炎の扇を重ね合わせると、二つで扇形とも見えるより大きな「V字」を描いている。今昔の我が国の都の映像を脳内にオーバーラップさせると、時空を超えた不思議な光景が広がって、奇妙な胸騒ぎに捉われるのである。

一夜のうちに、塵灰となりにき。——それはかつてあった。そして東日本大震災として現代でもあったばかりだ。それが明日ないと誰が言い切れるのだろうか。いつの世も繰り返し襲う「想定外の大災害」を必死に生き延びようとするのが人生である。

＊　＊　＊

火元《ほ》は、樋口冨《ひぐちとみ》の小路《こうぢ》とかや。舞人《まひびと》を宿せる仮屋より出で来たりけるとなん。吹き迷ふ風に、とかく移り行くほどに、扇をひろげたるがごとく末広になりぬ。遠き家は煙《けぶり》にむせび、近きあたりはひたすら焔《ほのほ》を地に吹きつけたり。空には、灰を吹き立てれば、火の光に映じて、あまねく紅《くれなゐ》なる中に、風に堪《た》えず、吹き切られたる焔、飛ぶが如くして一二町を越えつつ移りゆく。その中の人、うつし心あらんや。或は煙にむせびて、倒れ伏し、或は焔にまぐれて、たちまちに死ぬ。或は身ひとつからうじて逃《のが》るるも、資財を取り出づるに及ばず。七珍万宝さながら灰燼となりにき。そのつひえ、いくそばくぞ。そのたび、公卿の家十六焼けたり。まして、その外《ほか》、数へ知るに及ばず。すべて都のうち、三分が一に及べりとぞ。男女死ぬるもの数十人、牛馬のたぐひ、辺際《へんざい》を知らず。

『方丈記』訳

火元は、樋口冨の小路だとか。舞人を宿らせる仮屋から出火して渡り来たったそうだ。吹き迷う風に、火があちらこちらに移ってゆくうち、扇を広げたかのような末広がりになった。遠くの家は煙にむせび、近くのあたりではひたすら焔を地面に吹きつけた。空には、灰が吹きあがるため、火の光に映って、あまねく紅に染まる中、風の勢いに堪えず、吹き切られた焔は、飛ぶがごとく一、二町（百〜二百メートル）を越えつつ移ってゆく。その区域の人は、しっかり覚めた心があるだろうか。かたや煙にむせて倒れ伏し、こなた焔に溺れて、すぐさま死ぬ。そして、身ひとつでかろうじて逃れても、資財を取り出すに及ばない。金、銀、瑠璃《るり》、玻璃《はり》、珊瑚、瑪瑙《めのう》などの七珍万宝が、そっくり灰燼となった。その焼失は、いくばくだろうか。そのみぎり、公卿の屋敷は十六邸が焼失した。まして、そのほかは、焼失の数さえ知るにも知れない。この平安京のすべてのうち、三分の一にも及んだと言う。男女あわせて死んだ者は数十人（『平家物語』によると数百人）、牛馬のたぐいは、どれだけ死んだかわからない。

これは明らかに、平安京の三分の一を焼いた大火災の、迫真的で簡潔な描写からなる記録である。燃え盛る炎が風に一、二町も飛び移りながら、末広がりに平安京の街並みを舐《な》めてゆき、人々は煙や炎に倒れ死す。しかも公卿邸を含む家々や財宝のおびただしい焼失、さらには牛馬のたぐいの無辺際の死である……。

いま現在の東京に置き換えれば、大火災の犠牲者はどれほどだろう。東京の三分の一が焼失したら、我が国の首都機能はどうなるのだろうか。私が大蔵官僚として霞が関で働いていた時分、なだらかな丘陵地帯を延々と埋め尽くす密接したビル群は、あたかも墓石の林立であるかのように映って仕方がなかった。いまも「東京大火災」を想像してみるだけで、胸の奥に深い恐れを覚える。

やや遡《さかのぼ》れば東京大空襲の地獄が眼の前に広がり、なお直近に戻れば東日本大震災のときの紅蓮《ぐれん》の炎と鼠色や黒色の煤煙《ばいえん》が生々しく記憶から蘇るばかりである。長明の筆による鮮やかな大火事の描写が、八百年余前の平安京から、七十年弱前の東京を仲介し、現代の杜《もり》の都・仙台の沿岸部の大災害へ、めまぐるしい記憶の旅に誘うのである。

次の四節において、そんな時と場所を超える悲惨な旅を巡らなければならないだろう。そのうち第一節の東京大空襲の記憶は、私が実母から受け継いだ「真実」にほかならない。

●東京大空襲

一九四五年三月十日の夜、アメリカ合衆国軍による東京大空襲が敢行された。首都守備隊の高射砲も迎撃機も撃墜し得ない、上空一万メートルに大挙して飛来したB29戦略爆撃機の群れは、木造家屋が窓と窓を接して建つ本所、深川、蒲田の界隈《かいわい》に、一角も漏らさず絨毯《じゅうたん》を敷き詰めるように焼夷弾をくまなく降らせた。いわゆる「絨毯爆撃」である。

B29は鉄筋コンクリートの建物が並ぶ山の手には五百キロ爆弾を落としたが、木造家屋が密集する下町には、すべてを焼き尽くす焼夷弾の雨を浴びせかけた。

私の母の故郷である西六郷の界隈は、ＪＲ蒲田駅の南方の多摩川の土手にかけて、蛇行する流れに半円状に抱かれながら、家々と町工場とが入り混じる下町であった。最寄り駅は京浜急行の六郷土手駅であるが、かつて多摩川が六郷川と呼ばれていた名残を残している。

その夜、絨毯爆撃で火の海と化した西六郷は灼熱地獄であった。炎と煙と闇が取り巻く中を縫って、銃後で女子供が主の西六郷の住民たちは命からがら逃げ惑った。防空頭巾を被《かぶ》った十三歳の少女アグリも、その群れの中にいた。通称アグちゃん、当時、病弱な女児をその名で呼ぶと健康になるという風説から、そんなあだ名で呼ばれていた。

いっしょに逃げた家族は混乱の中で散り散りになり、独りはぐれたアグリは無我夢中で火炎を掻《か》い潜《くぐ》っていた。赤く照り映える夜空に鳴り響く空襲警報、遠くの丘から散発する迎撃の高射砲の発射音、そんな状況下で頭上から細長く響き渡る不気味な悲鳴のような焼夷弾の降りかかる音が鳴り乱れた。

「伏せぇーー！」

班長が声を絞った。

アグリは眼と耳を両手で塞《ふさ》いで地面に伏せた。大切な眼と耳を守るため、そう訓練されていた。熱風を感じて顔をあげると、眼に飛び込んできたのは、火だるまで転がる老婆だった。ほんの一瞬前、アグリの眼の前に伏せた老婆である。アグリの防空頭巾も火が着いて、息を吸うたび炎が顔をなめ口内へなだれ込んだ。熱くて息ができず「あぁ、自分はここで死ぬんだ」と思うしかなかった。

助けを呼ぶ声も出せなかった。町工場に勤める知己の青年が、アグリの防空頭巾を脱がそうとしたが、炎はその詰襟の制服に燃え移った。必死に詰襟を脱ごうとしながら、優しい青年は炎に呑まれた。人々が炎を消そうとする中で、眼の前に詰め寄った班長が、アグリの防空頭巾を脱がせると、防火用水に沈めて火を消すなり、濡れたまま被せ直した。

後ろ髪を引かれる思いを留め、アグリは人影を追って、炎と熱風の渦巻く火事場を走りに走った。いつか知り合いは一人もいなくなっていた。どこをどう逃げたものかわからなかった。

「六郷川へゆけーー!」

そんな声が聞こえたようだが、それも無我夢中でいつどこで誰が言ったかも覚えがない。空襲前の六郷土手は桜の名所で、近郊の町工場やらから繰り出す花見客で賑《にぎ》わった。しかし、そのとき六郷土手でアグリが見たものは、夜空を焦がす炎に照らされながら、黒焦げの人々と牛の群れの遺骸がごろごろと転がる凄絶《せいぜつ》な光景だった。

ちりちりと皮膚や髪の毛が焼けてゆく灼熱地獄の底で、必死に眼を凝《こ》らすと、首まで六郷川に浸かっている人々の姿が見られた。羽田沖へ流される恐れがあったが、ぶすぶすと着衣がくすぶり、アグリも流れに浸かりながら、辛苦の夜が明けるのを待つしかなかった。しかも生き延びるため、アグリが首まで浸かった六郷川の流れは、あたりを焼き尽くす焼夷弾による大火災のため煮えて浴場の湯のようだった。

銃後の女子供が残る木造家屋の密集した下町にくまなく焼夷弾をばらまけば、ジュネーブ条約で禁じられる非戦闘員の無差別大量虐殺になることが、わからなかったと言えるだろうか。もし言えないとしたら、アメリカ合衆国の指導者はわかりながら無差別大量虐殺を敢行した。それが一日も早い終戦を迎え、日米両国の官民の犠牲者を最小限に抑えるためだと唱えても、殺すべきでない者たちを誰かれ構わず大勢かつ惨《むご》たらしく殺した罪そのものは消せない。その罪は今日に至るまで誰によっても贖《あがな》われてこなかった。

これから先に、いったい誰が黒焦げに焼き殺された女子供の魂を救わんがため、その卑劣な罪を贖うのであろうか。それが成就しないかぎり、我が国が千代に八千代に栄えることはないし、アメリカ合衆国が永遠に世界に冠たる繁栄を保つこともあり得ないと、私はそう思う。

●「事実」と「真実」

現代の杜の都・仙台に戻るとしよう。

紅蓮の炎が噴きあげ、火の粉のかかる現実と、火の粉のかからない映像ほど、似て非なるものはない。それは見る者の認識の次元自体が異なるからである。テレビ画面で見る大災害の映像がいかにリアルだと感じても、それは映画やテレビドラマの映像を見るのと様式的に変わらない。自分はあくまでも安全なところにいるからである。しかし、東日本大震災の本震と、超本震級の余震の際に見た大火災は、そんな次元とは否応なく異なっていた。

いわゆる現場に流れる空気感というものは、単なるテレビ映像と比べて圧倒的な情報量を含む。人が五感で感じるすべて……のみならず第六感やいわゆる霊感などまで含む無意識の広大な領域が「フル稼働」するからである。

そのため少なからず、東日本大震災の被災者は、テレビ画面に流れる映像や被災の解釈が、「真実」とは異なって見えるだろう。それらの映像や解釈が「事実」だとしても、被災者が全身全霊で被《こうむ》った「真実」とは違うものだからである。

拙宅マンションは津波浸水域にあり、保険会社からは半壊認定、仙台市からは全壊認定されている。仙台市宮城野区の沿岸部にあって、北は七ヶ浜町、多賀城市の沿岸部、南は仙台市若林区の沿岸部となっていて、壊滅的な被害をこうむった仙台港の一端まで二キロメートル地点である。まさしく被災地のど真ん中にいるが、被災を実体験していない発言者の態度は、ひどく的外れにしか映らない。何が起きたか全然わかっていない、としか映らないのである。

いまでも津波浸水域を離れると、ほんとうに空気感が異なっている。まるで「あのこと（大津波）」などなかったかのような、穏やかな日常の街並みが連なっているのをながめると、自分はいまも津波浸水域で眠るのだと改めて痛感させられる。だからこそ、津波浸水域の外で語られる言葉は、身を守るための役に立たないと認識している。

津波浸水域から脱出しながら見た大火災の「真実」は、そのため「事実」には還元され得ない。膨大な「事実」を踏まえた情報そのものが、東日本大震災の実体験の核心に迫るものとは言い難い。それは「われわれの見ているものを見ず、われわれの感じているものを感じていない」からである。

それはときに著《いちじる》しく信用を損なう重大な乖離《かいり》となる。「百聞は一見に如《し》かず」にほかならない。多くの心ある人々がボランティア活動などの形で、被災地を実見しようと試みる行為には精神的に重大な意味がある。

●「復興支援の祭り」

東日本大震災の三月十一日に仙台港一帯に立ち込めた、苛烈な紅蓮の炎と鼠色や黒色の扇状に広がる煤煙が、幾重にも重なって立ち並ぶ風景は、否が応でも生命の危機を思い知らせた。

そこに広がる仙台ゆめタウンはショッピング・モールなど大型商業施設が建ち並び、さらに海側は、いつも家族連れなどで賑わう雷神埠頭公園、仙台港フェリーターミナル、イベント・ドームゆめメッセみやぎ、工場見学者も多いキリンビール仙台工場などの私企業や仙台港変電所などの公益事業の巨大施設と、平地の広大な駐車場の巡る複合的な集客ゾーンであった。

五ヶ月後も、長期休業や廃業となった施設が少なくない。津波の痕跡が内外に残されている。遺体が多過ぎて営業再開に踏み出せないとの伝聞も走った。より津波の被害が大きかった仙台港の北岸の直近に当たる多賀城市側のコンビニの駐車場には、三段重ねに打ち寄せられた乗用車の座席に遺体が乗っていたと、多くの人が語り合っていた。

また、仙台市側の七北田川と、内陸へ三キロメートル入り込む長方形の仙台港との間に挟まれた旧来の河口部住宅街は、言葉を失うほどの悲惨な状況であった。海岸線へ詰め寄ると、どてっ腹を撃ち抜かれた廃屋が並び、津波の痕跡が三メートル、五メートル、八メートルと急激に高くなった。そして最後の一キロメートルは荒廃と通行止めで入れなかった。カラスの群れ、握り潰されたかのような大小の自動車、うろつく野犬化したペット、飴《あめ》細工のようにひん曲がった鉄鋼の骨組み、赤錆《さ》びたマンホールの蓋、土台のみを残す家屋の残骸が一帯を埋め尽くす。

さまよえば、避難所で語られた悲惨な体験談が蘇った。

すし詰めの避難所で苦楽をともにした「同胞」の家、経営する工場、飼い犬と散歩に出た社長の夫、すべてみな流されて帰らないばかりか、若い男が手をつないだ妻と子を、津波にもぎ取られ、呑まれてゆくのを眼の前で見たと語ったあとの沈黙。他の避難同胞の引きこもりの三十歳過ぎの娘は、隣人の「津波が来るから逃げよう」という呼びかけも虚しく、自宅に残って消息を絶っている。停電で照明も暖房もない暗く冷たい避難所の片隅で、未婚だった娘を思って泣く母親の声は忍び難いのみだった。

そんな未認定避難所・仙台高砂市民センターから、幾夜明けても水没した仙台港一帯の大火災を見つめ続けていた。二階の調理室の床に座って、並んだ調理台のむこうの窓ガラスからは、仙台東部道路の都市部にかかる高架橋の灰色の鉄骨コンクリートと、薄緑色の鉄鋼とからなる橋路が横切るのが見える。その先に私たちの住宅が建っていたのだ。すでに家を流された者も、刻々と崩落や焼失の危機にさらされている者も、消防自動車の入れない一帯を黙々と見つめるしかなかった。

火事も人の死もテレビ画面の中で起こっているのではなく、私たちの暮らす街で起こっていることだ。刺激的な海の汚泥《おでい》の匂いが漂い、五感を超えた危機感があふれ、深い喪失感が潜《ひそ》み、大勢の人々が死んだ感触を共有している。そうでない人々にとっては、家々の全壊や流失、人々の行方不明や死亡、港湾や街々や田園の壊滅すらも、娯楽として与えられる映画のカットと同一の媒体で表現され、統計数字として計上されてゆく。

そこには未婚だった娘を思って泣く母親の心中は映されていない。私たち被災者は、統計数字ではない。ましてや、娯楽映像などでは決してない。

私が大蔵官僚として霞が関で働いていた時分、国内外の政策決定に供される統計単位は「億円、百万ドル」が基本であり、それ以下の端数は一顧の対象にもならなかった。それが「霞が関」の常識であり、多かれ少なかれ、我が国の政策を担《にな》う「霞が関・永田町コンプレックス」深く、官僚や政治家の選民幻想に根ざす「端数切捨て体質」が潜むのは否めない。「下々の者が多少死ぬのは止むを得ない」「大の虫を生かすために小の虫を殺す」という時代錯誤の「大所高所からの決断」を後生大事に抱く愚者すらいるだろう。

さすがに、死亡統計の数字を丸めるほど、愚かな官僚や政治家はいないだろう。それでも、人間的な性《さが》や業《ごう》が絡み合い、主権在民の民主政治を担う我が国の中枢機能は、構造的かつ反復的に「真実」から遊離してゆく性向が不可避であろう。しかし、端数以下の死と苦しみを知らない者が、なぜ一国を治めることができるだろうか。

そんな体質が旧公社公団など公益事業主体の組織体にも、旧来的に深く染み込むものと見える。東京電力の頭でっかちで現場任せ、汚染企業の分際で殿様のような役員の態度物腰、無能と無責任を曝《さら》け出して厚顔無恥な平静さ。東京電力の幹部は相馬市やいわき市の避難所で、心から額を床に擦《す》り付けるべきである。そして原発事故収束に至るまで、さらに原発事故被災地が復興に至るまで、相馬市かいわき市へ本社機能を移転させてはどうか。

九州電力のやらせメール問題を待つまでもなく、多くの下請け会社を従える電力会社が、自力で弊害的な時代錯誤の役所体質から逃れられるとは、人間的かつ組織的に非常に考え難い。少なくとも、東京電力幹部と原発事故対策部門の社員は全員、相馬市かいわき市の対策本部へ詰めるべきである。でなければ原発事故被災者の塗炭《とたん》の苦しみなどどうしてわかるものか。

ちなみに仙台から福島第一原発までは国道六号線を車で一時間半走ればよいだけだ。仙台の本支店営業所からはごく当たり前の日帰り営業ルートに過ぎない。そこに住む者からすると、マスメディアの扱う東京在住者の「自己防衛行動」も「被災者支援行動」も「首都選民幻想」に依拠しているように見える。社会的な「死」の不平等感が伝わってくる。アメリカ兵の死は砲丸で、タリバン兵の死は羽毛か。それが私たちの認識の限界だとしても、それ以上のものを失敗を重ねながらつねに求め続けているのではないか。

いま「文学とは認識である」と唱えられた時代は死んでしまったのか。それが夢でも幻でもないのならば、そんな命題を口に出せた時代は死んでも、「真実」がどうして死ねるのだろうか。

心底から「被災者不在の復興支援祭り」には辟易《へきえき》させられるし、そうした「真実」とは乖《かい》離《り》した東日本大震災の「事実」認識を踏まえ、日本の未来像が求められようとしていることは戦慄である。

もちろん、東日本大震災からの復興だけが重要なのでは全然なく、世界経済の根幹を築き直さなければ、人類途絶の危機を迎える恐れすら否めないだろう。

先進国経済は凋落《ちょうらく》の一途を匂わせており、中国やインドなど新興国の著しい隆盛もそこに根差す、資本主義以降の「拡大再生産」が限界を迎えている。

二十世紀初頭の自動車産業の隆盛化を機に、史上稀《まれ》に見る爆発的な大量増産と大量消費が先進国で蔓延《まんえん》したため、地球資源の枯渇に拍車がかかり、地球気象の激変化が降りかかる機縁が生じ、人類途絶の危機を誘いかねない災厄《さいやく》となった。その根源は、先進諸国民の生活を飛躍的に塗り替えた「拡大再生産」にある。

それが、東日本大震災の稀に見る激甚さを導いた遠因となった。この地球上ではひそやかな蝶の一羽ばたきが、遠く離れた場所において嵐を呼び起こす原因となる。このような「バタフライ効果」の観点を採《と》るなら、「拡大再生産」は、避け難く、東日本大震災の巡り巡った

「疑わしい重要参考人の一人」であるだろう。それを心の底で感じる者は、自分が加害者である負い目を紛らわすため、ボランティア「精神」を重視して自己正当化に耽《ふけ》るだろう。

世界は永遠ではなく、地球資源は無限ではなく、人口漸増は合理的ではない。正しいのは「拡大再生産」ではなく「反復再生産」である。「生成・発展・消滅」×X（反復回数）という形ならば理に適《かな》う。いわゆる再生可能な循環型の生産様式である。しかし、反復回数はあくまでも未知数のXにほかならない。人類の生存が危ぶまれる地球環境の変動があれば、それもまた永続するとは言い難いからだ。中国やインドやアフリカ諸国の躍進も、恐らく存外に早く行き詰まるだろう。

隆盛する中国諸都市は「チャイニーズ・ドバイ」と映って止まない。高層タワーや海浜リゾートを築き、世界的な不動産投資を集めながら、EUの財政不安による「ドバイ・ショック」に沈んだ熱い砂漠の都市国家ドバイ。ねずみ講式の早い者勝ちの相場高騰による利得。いち早く安く買って、いち早く高く売る者が勝ちとなる、ギャンブル性の売買差益が誘《いざな》う。すなわち「拡大再生産」を根幹とする「世界経済」そのものが、理不尽な破綻《はたん》性を抱えており、それを写し取ったギャンブル的な投資もまた避け難い破綻性を抱え込んでいる。

●都の炎上

この辺で、八百年の時と仙台から京都への距離を引き戻そう。ここでは、平安京の樋口富の小路にある粗末な舞人宿から発した火が、北西へと家並みを舐《な》めながら緋扇のように燃え広がっている。遠くの家々は煙にむせび、近くの家々は炎を地に打ちつけ、風に煽られてちぎれた炎が夜空を飛び移って、玉敷きの都を燃やしながら、大小の家屋敷、多種多様な数々の財宝を、次々に灰燼に至らしめるのである。煙に巻かれ、炎に呑まれて、人々の斃《たお》れるのも、ほんの束《つか》の間の悪夢のような出来事ではないか。牛馬のたぐい、その哀れさもはなはだしい。

遠く四百年にも及ぶ平安京の三分の一が、はかなく一夜にして失われてしまったのだ。労働――すなわち大勢の人々の命のX分の一の財産への転化の、累々《るいるい》と積み重なって築かれた我が国の中心である古都が、ほんとうにはかなく中枢を含んでななめに南東から北西へ、焼け野原となったのだ。多くの命の転化の喪失として悲惨なのである。復興にはまた多くの命の転化が求められるのである。

すなわち財産とは姿を変えた命にほかならない。だから誰かの持ち物を盗む者は悪人であり、誰かの家を燃やす者も心底から悪人であり、誰かの命を奪うことと本質的に変わらない。すべての倫理の根源とは、とりもなおさず生命から発している。そして、どうしようもなく生命ははかない。

果たして、一九四五年の東京大空襲から四年後に締結されたジュネーブ第四条約では、非戦闘員の生命のほか、非戦闘員の財産、非戦闘員の生活に必要な食料庫、農業地域、飲料水施設などへの攻撃も禁じられるに至った。それを真摯《しんし》に遵守《じゅんしゅ》しない、いかなる条約締結国も罪科を免れはしない。

二 かの地獄の業の風なりとも、かばかりにこそは…

長明は言う――

人の営みが、みな愚かな中にあって、そんな危うい京《みやこ》の街中に家を造ろうとして、財宝を費やし、心中を思い煩《わずら》わせることは、飛び抜けて愚昧《ぐまい》なことである。

『方丈記』訳

人は富と地位と名声があれば幸せなのではない。より多くを望んで得られず、失う不安に心掻き乱されれば、富も地位も名声も逆に苦しみをともなう。それで、政治家や官僚や企業家や資産家は必ずしも幸せではないのだ。しかも幸せでない者は、無常のものを無常と見ないから無知なだけである。このように多かれ少なかれ人は誰しも愚かなものだ。それが、一夜の火災で三分の一が焼失するような帝都において、見栄を張り、贅《ぜい》を尽くし、家々を築造することなどに、いかなる意味があるというのだろう。

＊　＊　＊

さらに長明は言う――

また、治承四（一一八〇）年卯月《うづき》のころ、中御門京極の付近から、大きなつむじ風が起きて、六条のあたりまで吹き渡ったこともあった。

『方丈記』訳

二〇一一年、米国の南部州においては、一日に百五十もの竜巻が発生して圏内の街々を襲った。そんなに竜巻が次々と襲いかかるなど、観測史上認められなかったと言う。

昨今、日本でも突風や竜巻が頻発しているが、これは観測や報道の発達のせいで、知れ渡る機会が増えたからだろうか。

私の故郷の宮城県栗原市では、いまから五十年ほど前なら、道路と水路と田畑の境界がわからなくなるほど冬に雪が積もった。そして冬中ずっと残った。それが三十年ほど前からだんだん雪が降らなくなった。降っても根雪になることが珍しくなった。

夏は六十キロメートル南の仙台市より気温がつねに一、二度低くて比較的涼しかったが、いまはむしろ比較的高度があるのに、かえって一、二度高いことが少なくない。冬は雪がほとんど降らず過ごし易くなった分、気がつけば夏は耐え難いほどの熱気に襲われるようになった。過疎化を恐れる者は、熱中症で死者が出ているにもかかわらず、それを躍起になって否定している。

二〇〇七年、私の父は重篤な既往症を抱えながらであったが、熱中症と思しき症状で亡くなった。栗原市の夏は高原的で比較的涼しいとの先入観が、私にも、父にも、あったと思う。過ごし易くなったとは言え、厳しい冬の寒さに備えて、父の仙台移住を計った七月である。その夏から移住できたケアハウスに移るのを足踏みさせたのは、父と故郷とのしがらみなどであったと思うが、いまでも父を足踏みさせたすべてのものを恨んでいる。この恨みがいつ消えるのかはわからない。

私の故郷は二〇〇八年の岩手・宮城内陸地震で甚大に被災し、二〇一一年の東日本大震災中で最大の震度七の激震に襲われている。壊滅状態の霊園が蘇ってきつつあるが、それでも執拗《しつよう》に余震が続くばかりでなく、放射能汚染の重点調査地域にまで指定された。

確かに、突風や竜巻は昔からあったかもしれない。それでも、突風や竜巻、そして地震の起き方が、何か違う。地球の気温を変えるほどの熱量を放つ、人類の都市生活化が、かつてからある自然災害の激甚化を誘っていると考えるのは、どう推《お》し量《はか》っても不自然ではない。

＊　＊　＊

三四町を吹きまくる間に籠《こも》れる家ども、大きなるも小さきも、ひとつとして破れざるはなし。さながら平《ひら》に倒れたるもあり、桁《けた》・柱ばかり残れるもあり。門《かど》を吹きはなちて、四五町がほかに置き、また、垣を吹きはらひて、隣とひとつになせり。いはんや、家のうちの資財、数をつくして空にあり、檜皮《ひはだ》・葺板《ふきいた》のたぐひ、冬の木の葉の風に乱るるが如し。塵を煙の如く吹き立てたれば、すべて目も見えず、おびたたしく鳴りとよむほどに、もの言ふ声も聞えず。かの地獄の業《ごふ》の風なりとも、かばかりにこそはとぞおぼゆる。家の損亡せるのみにあらず、これを取り繕《つくろ》ふ間に、身をそこなひ、かたはづける人、数も知らず。この風、未《ひつじ》の方に移りゆきて、多くの人の歎《なげ》きをなせり。

三、四町（三〜四百メートル）を吹きまくる間に、その中に含まれていた家々は、大きいも小さいも、ひとつとして壊れなかったものはない。すべてが平らに倒れたものもあり、桁・柱だけが残ったものもある。門を吹き退《の》けて、四、五町（四〜五百メートル）も離れてほかに置き、また、垣を吹き払って、隣家とひとつとした。まして、家のうちの資財など、数もかぎりに空に舞いあがり、檜皮・葺板の類などは、冬の木の葉が風に乱れるようだ。塵を煙のように吹き立てたので、まったく眼も見えず、おびただしく鳴り響くので、ものを言う声も聞えない。あの地獄に吹く悪業による強風であろうとも、このような物凄さを超えないと感じる。家が損傷や滅失したばかりではなく、これを修繕している間に、自身が怪我を負い、不具者となった人は、多過ぎて数も知れない。このつむじ風は、南南西の方角に移ってゆき、多くの人々の嘆きをもたらしたのだ。

平安京の中御門大路は北端に近い。東京極大路は東端を通う。その交点は鬼門である北東に当たる。そこから大辻風は南寄りの六条大路あたりまで吹き渡った。東西四・五七キロメートル、南北五・三一キロメートルの平安京。その東端の南北約三キロメートルを襲った。それが「中御門京極のほど」から「六条わたり」が意味するところだ。

長く栄えた加茂川寄りの左京の東端に東京極大路。早くさびれた低湿地の右京の西端に西京極大路。大辻風は「未《ひつじ》の方」すなわち南南西に去って、多くの人を歎かせたとあるので、東京極大路のほうから南寄りの中心部を渡ったと見るのが妥当だろう。西京極大路から南南西となると平安京から逸《そ》れてしまう。

さて甍《いらか》の先述があったが、ここでは「檜皮・葺板のたぐひ、冬の木の葉の風に乱るるが如し」と、板葺きの家々の災難に言及している。また火禍の節では「公卿の屋敷」に言及しているが、この風禍の節では触れていない。大小の家々、門、垣、資財とあるものの、より深刻な被害を受けたのは、たとえば板葺きのような比較的粗末な家々ではないかと想像される。

栄えた家に住まう者にとって、貧しい家に住まう者が被災するのは、深刻な脅威だったに違いあるまい。このとき我が国は、律令制度の公地公民が形骸化していた。土地の私有化が実質的になり、混沌に乗じた大寺社勢力や、世襲により貴族化した官僚や、地方で人望を得た劣勢貴族など、それぞれ武装した荘園領主が台頭して、朝廷公有領の漸減を招いた。そんな荘園群の再編化と利権付与の関係を経済基盤としながら、時勢は摂関政治を経て院政へと移り変わった。

平安京は四百年に渡る栄華の果て、中下層荘園領主を政治基盤とする院政と、それに対抗する大寺社勢力による強訴《ごうそ》の繰り返しから、抜き差しならず不穏な空気を醸《かも》し出していた。院政下で政権を握るに至った武士階級の平氏と、比叡山延暦寺などの大寺社の警護に任じた僧兵の横暴ぶりが眼に余った。この風禍の二ヵ月後に、平清盛による福原遷都が突発する。

＊　　＊　　＊

辻風はつねに吹くものなれど、かゝる事やある。ただ事にあらず。さるべきもののさとしかなどぞ、疑ひ侍《はべ》りし。

つむじ風はつねに吹くものであるが、こんなひどいこともある。ただごとではない。神仏鬼神などのお告げではないかと、疑ったものだ。

『方丈記』訳

古代中国において、自然災害が頻発するのは統治者が堕落したからだと考えられた。その考え方は、儒教を通じて我が国にもたらされ、一八三七年、旱魃《かんばつ》や洪水など自然災害の全国的な頻発によって深刻化する天保の大飢饉に際し、元大坂町奉行所与力で陽明学者の大塩平八郎が及んだ挙兵にあっても、脈々と時を越えて受け継がれている。

徳川幕府の幕藩体制を支える農村経済が、年貢の重圧化により疲弊の一途を転げ落ちてゆく、そこから来るべき明治維新が三十一年後の根幹的変革であった。

この平安京の風禍があった一一八〇年、後白河法皇の皇子・以仁王《もちひとおう》による平氏追討の令旨がくだり、源平合戦の皮切りである富士川の対陣が避け難く迫っていた。平氏一門による六波羅《ろくはら》政権の危機が否応もなく世間にも知れ渡ろうとする雲行きにあった。

＊　＊　＊

また、治承四年水無月のころ、にはかに都遷《うつ》り侍りき。いと思ひの外なりし事なり。おほかた、この京のはじめを聞ける事は、嵯峨の天皇の御時、都と定まりにけるより後、すでに四百余歳を経たり。ことなるゆゑなくて、たやすく改まるべくもあらねば、これを、世の人安からず憂へあへる、実《げ》にことわりにもすぎたり。

また、治承四（一一八〇）年六月ごろ、唐突に遷都がなされた。ひどく思いがけないことである。おおよそ、この平安京の始めを承知するには、嵯峨天皇の治世に、都と定まってから後、すでに四百年余りを経ているのだ。よっぽどの理由がなくて、そう簡単に改まるべくはずもないので、これを世の人々が不安がって憂い合うことは、ほんとうに道理にも過ぎるのであった。

一一八〇年六月、太政大臣・平清盛は厳島《いつくしま》と並んで平氏に縁の深い摂津国《せっつのくに》福原への遷都に踏み切った。

この前年、清盛は後白河法皇を幽閉するに及んでいる。先の火禍の年にあって、法皇は平氏を除こうとした鹿《しし》ケ谷《たに》の謀議の黒幕を演じたためである。それを憂えた高倉天皇は、第一皇子への譲位に及んだ。天皇は法皇の皇子、母が清盛の妻の妹・滋子《しげこ》だった。

先の風禍のあった四月に、いまは下関市に祭られる安徳天皇が即位していた。清盛の娘・中宮徳子を母とする幼帝である。五年後、壇ノ浦の合戦に破れて、清盛の妻・二位尼《にいのあま》に抱かれて入水した。その御陵の近くには、琵琶法師・耳なし芳一の墓が建っている。

長明は言う――

しかし、あれやこれや言う甲斐もなくて、天皇から始め奉って、大臣・公卿もみなことごとく移り給うた。官位にあるほどの人は、誰か一人ふるさとに残っていようか。官職や位階を気にかけ、主君のお陰を求めるほどの人は、一日でも早く移ろうと励み、出世の機を失い、六波羅政権から余されて、望むところもない者は、憂いながら残っている。軒を争った人の屋敷は、日を経ながら荒れてゆく。家は壊されて、鴨川から淀川に流され、土地は見る間に畑となる。人の心はみな改まって、ただ馬・鞍だけを重んじる。牛・車を用いる人はいない。平氏方の西南海の所領を願って、源氏方の東北の荘園を好まない。

『方丈記』訳

*　　*　　*

第二章　火風禍（外面の苦）

安徳天皇を奉じた平氏一門は、六波羅政権を建て直そうとし、四百年の栄華を誇った平安京から、現在の神戸市兵庫区と長田区あたりの摂津国福原へ遷都《せんと》を敢行した。福原荘は平氏一門が別荘地として運営してきた海辺の狭隘《きょうあい》な場所だった。

この伊勢平氏一門の平安京における専横ぶりは、後白河法皇や取り巻きの貴族に嫌われるだけでなく、同じ武士からも貴族化したため攻撃の的とされていた。先の風禍に被災した民衆には、人心を省みない平氏こそ禍根と映っただろう。民衆の不安や怒りは蔓延する浄土信仰に流れ込み、比叡山延暦寺などの大寺社を突き動かす背景となったものだ。

平氏の政権掌握の後、後白河法皇は二度に渡って福原荘に行幸している。二度目は伊勢平氏の要衝《ようしょう》地である厳島にもあわせて足を運ばなければならなかった。

さらに天皇の外戚となった太政大臣・平清盛の専横ぶりは留まるところを知らず、一族に縁の深い所領に都を移す「政権の私物化」という暴挙に突き進んだ。

もはや平氏一門が平安京に留まりながら栄える余地を残さない社会不満が、玉敷きの都深く渦巻いていた。この遷都が伊勢平氏一門の滅亡を早めた観もどこか否めない。ここまでなりふり構わなければ、六波羅政権の末期症状をみずから露呈したようなものだ。色濃く差す失脚の影を避けなければならない。悠長に牛車に乗ってなどおられず、鞍を置いた馬を駆らざるを得ない情勢である。もちろん平氏への追従者にとっては「西南海の領所を願ひて、東北の荘園をこのまず」であろう。

*　　*　　*

さらに長明は言う――

　そのとき、たまたま物事のついでがあって、摂津国の福原の都に至った。場所の有様を見ると、その土地は、ほど狭くて、九条分の条里を敷くに足りない。北方は山に沿って高く、南方は海に近くて低まる。波の音がいつも騒々しく、潮風がことに激しい。内《だい》裏《り》は山の中なので、あの故事にある丸木の宮殿もこうかと窺え、ずいぶん風変わりで、風流な趣すらある。日々に壊し、川も狭くなるばかりに京から運びくだす家は、どこに造ったものだろうか。なお空地は多く、造った家は少ない。平安京はすでに荒れて、新都はいまだ成らない。ありとあらゆる人は、みな浮き雲のような思いを起こした。もとから福原荘にいる者は、土地を失って愁う。このたび移った人は、土木工事の煩《わずら》いがあるのを歎く。道のほとりを見れば、車に乗るべき人は馬に乗り、衣冠《いかん》・布衣《ほい》をまとうべき人は、多く直垂《ひたたれ》を着ている。都のならわしはにわかに改まって、もはや田舎めいた武士にほかならない。世の中が乱れる前兆と著した書もあって、日を経ながら世の中が浮き立って、人の心も定まらず、民の愁いはやはり杞憂《きゆう》ではなかったので、同じ年の冬に、やはりこの平安京に帰り給うたのだ。壊して流し運んだ家々は、どうなったのだろうか、ことごとくもとどおりには造られていない。

福原荘は、九条の条里を敷くことができないほど狭隘で、五条分の広さしかなかったようだ。どの道、緊急避難の要素の色濃い遷都であるから、玉敷きの都など再現されるはずもない。その一方で、家々が解体されて淀川に水運された平安京は、荒廃の一途を辿《たど》ることとなった。

一一八〇年の十月二十日、平氏軍と源氏軍は富士川を挟んで対陣した。現在の山梨県と静岡県を巡って駿河湾に注ぐ、日本三大急流の一つが富士川である。

源頼朝挙兵の報に接した平清盛は、平惟盛《これもり》（清盛の孫。前年に病没した清盛の嫡男・重盛の嫡男）大将軍率《ひき》いる平氏軍を東海道に派遣した。それを迎え撃つべく頼朝率いる源氏軍も鎌倉を発っていた。その夜、すでに甲斐から南進していた武田信義の軍が、平氏軍の背後へ迂回《うかい》しようとすると、浮島ヶ原に羽を休めた水鳥の群れがいっせいに飛び立った。それを源氏軍の来襲と誤認した平氏全軍は、大混乱して潰走《かいそう》した。

十一月、人々の反対と比叡山延暦寺の強請《ごうせい》により、ふたたび平安京に還都するほかなかった。福原荘の内裏は、一一八三年の平氏の西海下向のおりに、清盛亡き後の棟梁である宗盛によって焼き払われた。この還都より、壇ノ浦の戦いによる平氏滅亡まで、わずか五年しかなかった。

＊　＊　＊

伝へ聞く、いにしへの賢き御世には、あはれみをもちて、国を治め給ふ。すなはち、殿に茅《かや》をふきても、軒をだにととのへず。煙のともしきを見給ふ時は、限りある貢物をさへゆるされき。これ、民を恵み、世を助け給ふによりてなり。今の世の有様、昔になぞらへて知りぬべし。

『方丈記』訳

伝え聞くに、古の賢帝（仁徳天皇）の治世には、国民への憐れみをもって、国家を治め給うた。すなわち、国民の労役を省くため、宮殿に茅を葺《ふ》いても、軒先も切りそろえなかった。丘の上から国中を見渡して、炊飯の煙の乏しいのを見給うときは、必要最小限の租税すらも徴収しなかった。これは、国民を恵み、国内を助け給う御心がためである。現在の世の中の情勢は、この『日本書紀』の故事に照らして了知するがよい。

古《いにしえ》の天皇は丘の上から国を眺め、食事時に煙が立ち昇らないと「民は貧しいな」と察して税を軽減した。ふたたび丘の上から国を眺め、食事時に立ち昇る煙を見ると安心したと言う。それに引き換え、昨今の政治情勢の愚昧《ぐまい》さはどこから来るのであろうか。賢い統治者なら憐れみをもって国民を恵み、世間を助け、国家を治めるのであろう。

東日本大震災の大津波被災地の避難所には、五ヶ月経っても食事時の煙など立ち昇っていない。古の天皇は民の食事を気遣ったというのに、昨今の為政者と官僚たちは伊勢平氏のように貴族化して、人心を省みる憐れみのかけらも不要と思っているのだろうか。政治とは権謀術数であるというマキャベリズムを美徳として、悦に入る愚昧な為政者や官僚たちや電力会社役員がいないことを祈るばかりである。

もしいれば、合法的な社会的制裁を免れないのが現代社会というものだ。時代錯誤も甚だしい為政者や官僚や公益会社役員は我が国に要らないのではなかろうか。

＊　＊　＊

また、養和のころとか、久しくなりて、たしかにも覚えず。二年《ふたとせ》があひだ、世の中飢渇《けかつ》して、あさましき事侍りき。或は春・夏ひでり、或は秋・冬、大風・洪水など、よからぬ事どもうち続きて、五穀ことぐくならず。むなしく春かへし、夏植うるいとなみのみありて、秋刈り、冬収むるぞめきはなし。

『方丈記』訳

また、養和のころだったろうか、もう遠い昔となって、はっきりとは覚えていない。二年の間、世の中が飢渇《きかつ》に塗《まみ》れ、呆然とすることがあった。あるときは春・夏に旱魃《かんばつ》、またあるときは秋・冬に台風・洪水など、よくない事象が打ち続いて、五穀がいっさい生《な》らなかった。むなしく春に耕し、夏に植える営みばかりがあって、秋に刈り、冬に収める報いはなかった。

一一八一年すなわち養和元年のこと、伊勢平氏の棟梁・平清盛は六十四歳でこの世を去った。

前年の以仁王・源頼政の反乱は、諸国の源氏の蜂起の口火となった。清盛の子・知盛《とももり》と重衡《しげひら》は、以仁王・源頼政の軍勢を宇治に破ったものの、清盛による源氏追討の命を受けた大将軍惟盛は、富士川の戦いにおいて敗走、清盛の不興を買った。福原遷都は挫折し、還都せざるを得なかった。

翌年、知盛とともに墨股河《すのまたがわ》で源行家《ゆきいえ》を破った重衡は、さらに以仁王に加勢した奈良の東大寺と興福寺を焼き討ちにした。その混乱の渦中にあり、清盛は政権の維持に心を砕きつつ、ついには熱病によって瞑目《めいもく》した。

この養和に大飢饉が起きたと考えられ、人々は地獄絵図のような惨劇に見舞われる。春・夏は旱魃、秋・冬は台風、洪水が打ち続き、農業経済社会において、五穀すべてが二年間も実らなかった。

＊　＊　＊

これによりて、国国の民、或は地を捨てて境を出で、或は家を忘れて山に住む。さまぐ〵の御祈りはじまりて、なべてならぬ法ども行はるれど、さらにそのしるしなし。京のならひ、何わざにつけても、源は、田舎をこそ頼めるに、たえて上《のぼ》るものなければ、さのみやは操《みさを》もつくりあへん。念じわびつつ、さまぐ〵の財物《たからもの》、かたはしより捨つるがごとくすれども、さらに目見立《めみた》つる人なし。たまたま換ふるものは、金《こがね》を軽くし、粟《ぞく》を重くす。乞食《こつじき》路のほとりに多く、愁へ悲しむ声耳に満てり。

これによって、諸国の農民は、ある者は土地を捨てて国境を越え、またある者は家を放って山に隠れ住んだ。朝廷をはじめ祭祀の場では、さまざまな祈禱が始まって、尋常ではない秘法も行なわれたが、なおもその霊験はなかった。平安京のつねとして、何を行なうにつけても、経済的基盤は田舎の荘園に頼っているのに、上納されるものが途絶えれば、もはや体裁すら繕《つくろ》っていられない。耐え忍び思い悩みながら、さまざまな財物を片っ端からなげうっても、まったく眼を向けてくれる人さえいない。たまたま交換できるものは、金などの貨幣価値が暴落し、粟などの穀物価値が暴騰している。乞食が平安京の路傍に大勢いて、愁い悲しむ声が耳に満ちるのだ。

凶作に窮《きわ》まった諸国の農民は、土地を捨てて国境を越えたり、家を放って山に隠れ住まった。荘園領主に捧げる五穀もみずからが食す糧もなかったからだ。祭祀の場ではさまざまな祈禱が行なわれるが甲斐なく、荘園経営からなる農業生産を経済基盤とする平安京であるので、田舎から送り込まれる物資が途絶えれば、もはやなりふり構ってはいられないのだ。

原文の「源は、田舎をこそ頼めるに、たえて上るものなければ、さのみやは操もつくりあへん」は、「源氏は東国の荘園を基盤としているが、頼朝が上洛しないから平安京は体裁を取り繕えない」とも解釈できる。意図的に「源」と「頼」の音を被せて、暗示を込めたとも推察できる。頼朝の上洛は、奥州藤原氏滅亡の翌年、一一九〇年のことである。一一九二年に頼朝が征夷大将軍となり、鎌倉幕府が開かれると、平安京は政治生命を失い、律令制度による朝廷支配から、封建制度による武家支配への変革となるのだ。

『方丈記』が成った一二一二年は、血生臭い権力闘争が鎌倉政権内で繰り広げられていた。朝廷に縁のある長明が表立って源平合戦や、朝廷と源氏の駆け引きに言及できるはずもない。一一七七年の鹿ケ谷の謀議では、僧西光《さいこう》斬首、僧俊寛《しゅんかん》は配流となった。出家だろうと身は危うい。

一一九九年に没した頼朝であるが、一一八九年には異母弟義経を、一一九三年には異母弟範頼《のりより》を、それぞれ死に追いやっている。さらに鎌倉政権内では、一二〇三年に二代将軍頼家《よりいえ》が、岳父比企《ひき》氏と子一幡《いちまん》に引き続いて殺害された。長明が三代将軍実朝《さねとも》の和歌の相手をしに鎌倉を訪ねたのが、一二一一年のことである。

比べるに『平家物語』が成ったのは、一二四三年と『方丈記』よりも三十余年の後のことであり、桓武平氏の流れを汲む北条氏の執権政治の時代であった。

上総介《かずさのすけ》として土着した平高望《たかもち》の子孫は、千葉、畠山、三浦、大庭、梶原、北条などの諸氏に分かれ、鎌倉幕府の成立に中心的な役割を果たした。千葉、畠山、三浦の諸氏は、十三世紀のうちに同族北条氏の政略の犠牲となり、北条氏も十四世紀の鎌倉幕府の滅亡とともに滅び、ほかの諸氏も十五、六世紀の戦国の乱世に跡を絶った。日本的な無常感の漂うところである。

再び養和の悲惨な大飢饉に戻ろう。

思いあぐねて、さまざまな財産を投げ売りしてみても、誰も見向きもしない。運よく取引きできても、金などは暴落し粟などは暴騰する。食糧の途絶を懸念する平安京にもかかわらず、乞食が九条四坊の路傍に多く居て、憂い悲しむ声が耳に渦巻くほど満ちるのである。

長明は平氏や源氏について何ひとつ描いていない。大勢の名もない乞食たちが描かれているのだ。

＊　　＊　　＊

前の年、かくのごとく、からうじて暮れぬ。明くる年は、立ち直るべきかと思ふほどに、あまりさへ疫癘《えきれい》うちそひて、まさざまに、跡かたなし。世の人みなけいしぬれば、日を経つつ、きはまりゆくさま、小水の魚のたとへにかなへり。はてには、笠うち着、足ひき包み、よろしき姿したるもの、ひたすらに、家ごとに乞ひ歩《あり》く。かくわびしれたるものどもの、歩くかと見れば、すなはち倒れ伏しぬ。築地《ついひぢ》のつら、道のほとりに、飢ゑ死ぬるもののたぐひ、数も知らず。取り捨つるわざも知らねば、くさき香《か》世界に満ち満ちて、変りゆくかたち有様、目もあてられぬ事多かり。いはんや、河原などには、馬・車の行き交ふ道だになし。あやしき賤《しず》・山がつも力尽きて、薪《たきぎ》さへ乏《とも》しくなりゆけば、頼む方なき人は、みづからが家をこぼちて、市に出でて売る。一人が持ちて出でたる価、一日が命にだに及ばずとぞ。あやしき事は、薪の中に、赤き丹《に》着き、箔など所所に見ゆる木、あひまじはりけるを、尋ぬれば、すべき方なきもの、古寺にいたりて、仏を盗み、堂の物の具を破り取りて、割りくだけるなりけり。濁悪世《ぢよくあくせ》にしも生れあひて、かかる心うきわざをなん見侍りし。

故郷を思わざるを得ない。
疫癘の癘の字はハンセン氏病の意義だ。私はたびたび感染者を見かけながら育った。かつては感染者を出した家系の子弟との婚姻すら忌避《きひ》されてきた。それに触れるとき、人々は異様に声を潜めるのだった。そのほかにも、古の大飢饉で行き倒れた人々の塚が伝えられ、現代の道路改修後、真新しい祠《ほこら》へと変わった。そんな故郷を思わざるを得ない。

●故郷の煙突

私の生まれ育った町外れには国立ハンセン氏病療養所があり、町中には県立サナトリウムがあった。盾《たて》を伏せたかのような小高い丘の上一帯を占めていたサナトリウムを見あげると、いつも空高くそびえる灰色の煙突が町を見おろすかのようだった。小学生たちはそこから煙が立ち昇るのを見つけると決まって、「あっ、今日も人が死んだぞ！」と言い合った。

大人たちからは、サナトリウムの鉄の門扉《もんぴ》の中へ入ってはいけないと、言い渡されていた。それでも悪友の誘いを断れず立ち入るときは、意識して結核感染を恐れながら、できるだけ息を殺していた。サナトリウムの逆端の鉄の門扉の隙間から、抜け出したときやっと深く息をしたのだった。いつも見あげている煙突のそびえる、死体を焼くという建物を探ってきた。「あそこで人が焼かれるんだぞ」と悪友は声を潜めたが、ゴミ焼却場にしか見えなかった。それでも「うん」と答えるしかなかった。

それからも煙突から煙の立ち昇るのを見るたび、「あっ、今日も人が死んだぞ！」と言う悪友たちだった。それがいつか煙突や悪友が生活の中から消え去った。いつしか「結核療養所」

が「県立病院」に名を変えていた。さらに「呼吸器・循環器センター」となった現在でも、立ち入り禁止の結核療養棟は失われていない。

私が駆けつけたとき、もう意識がなかった父を看取ったのも、その旧結核療養所でのことだ。重篤肺炎で死線を彷徨《さまよ》って退院した後、急な再入院のとき臨時代行の派遣医に初めて肺腺癌を発見された。三度目の急な入院時は恐ろしいほど猛暑の七月末だった。仙台のケアハウスの入居予定日が迫っており、段取り後の移住は親族に任せていたが、急に呼ばれて駆けつけると、再々入院した病室のベッドの上で瞑《めい》していているではないか。

しかも、ホームヘルパーに異状を察せられ、診察した医師が帰宅させようとすると、介添えのホームヘルパーが医師を一喝したのだそうだ。「冗談じゃありません。入院させてくださ い」と。

朝に実家を訪れたホームヘルパーが父の異状を察したのは、見るからにだるそうなばかりでなく、前夜に飲んだビールの空き缶を物置に移してあるのが普通なのに、その朝だけは台所に放置されていたからだそうだ。旧町役場の助役を務めた父は「コンピュータ」と煽《おだ》てられるほど緻密で几帳面できれい好きであった。

そもそも私が父を仙台のケアハウスに移そうとしたのは、高齢で処置の難しい肺腺癌であるため、ケアハウスの副施設長やナース長と仔細を相談したうえでのことだった。しかも二十四時間の完全看護と称しながら、重篤患者の世話は家族がするのが当然と言わんばかりの旧結核療養所の姿勢、それだけでなく医療レベルの実際について、ぬぐい去り難い疑義があった。

父は、前九年の役（一〇五一年〜一〇六二年）で滅びた奥州安倍氏の八男・安倍則任《のりとう》の直系であることを誇りにしていた。遡《さかのぼ》れば孝元天皇の皇子・大彦命《おおひこのみこと》まで至り着くとされている。しかも、四十余年の吏員《りいん》生活で深く地域医療行政にかかわってきた。

父をケアハウスへ移せば、仙台の民間大病院で受診させることが、癌告知をすることなくできた。だが、岩手県境に近い県立の旧結核療養所は、奥六郡《おくろくぐん》（東北内陸部）の覇者の子孫で、長く官職を拝した父には、ふさわしい終焉《しゅうえん》の場所だったかもしれない。それでも、せめて一年か二年だけ延命したかった。

一ヵ月半を潰し、入居困難なケアハウスを必死に確保した。全館冷暖房のマンション・タイプ。医療、介護、食事、大浴場を備え、悠然とした個室の暮らしが、紆余曲折を経た果てに、仙台市若林区のかつて結核療養所のあった海浜から、内陸五キロメートルの東部道路の二百メートル手前で迎えてくれた。これならひと冬かふた冬は越せるだろうと思えた。

海風が周囲の水田を渡り、炎天の六月下旬ながら存外にかなり涼しい。父と面談した副施設長とナース長は、女性入居者の多い中で貴重な男性入居者でもあるので、件《くだん》の旧結核療養所の院長の診断書を斟酌《しんしゃく》しながら、思いがけず七月からの入居を快諾してくれた。

そして、六月末の七北田川の水面に、八羽の白鳥が着水するのを見て、父の延命が具現すると思った。前九年の役で敗れた安倍則任は、もはや安倍姓を名乗ることができず、白鳥の館を守っていたことと、安倍頼時の八男であることから、白鳥八郎と名を変えて、源氏と出羽の清原氏の連合軍の追っ手から逃れた。現在の岩手県一関市から栗駒山中へ逃れ、それから宮城県栗原市へ下山するに至り、旧瀬峰《せみね》町の豪族小野寺氏の領地に落ち着いた。そのように古文書の系図を調べると記されていた。すなわち父は白鳥八郎の直系ということだ。

いつもならばシベリアへ帰るべき白鳥たちが、炎天の七北田川の水面を滑るのを眼にした六月下旬の朝には、これで父の延命策は成就されたのだという安堵を抱かざるを得なかった。それで私は父のケアハウス入居を親族に任せて、一ヵ月半できなかった仕事へ戻った。さらに炎天の七月二十九日、父は再々入院先の故郷の旧結核療養所のベッドのうえで逝《い》った。それは父と親族が決めたケアハウスの入居日であった。

重篤肺炎発症から入退院を繰り返すこと二年半、今生《こんじょう》の別れの挨拶を交わせないで旅立った。サナトリウムの煙突はもう存在していなかった。それから四年後、父の入居するはずだった仙台市若林区のケアハウスは、東日本大震災の大津波で浸水被害をこうむった。

そして故郷の栗原市は二〇〇八年の岩手・宮城内陸地震で甚大に被災し、二〇一一年の東日本大震災中で最大の震度七の激震に見舞われている。

大震災から五ヶ月経ったいま、仙台市宮城野区の自宅マンションは、仙台市から全壊認定を受けて、外壁に崩落防止のネットを張り、養生《ようじょう》のベニヤ板をコンクリートビス留めしっ放しだ。窓と戸は二ヶ所が開かず、一ヶ所が閉められない。しかし、父が逝ったときより苦しくはない。

だからこそ……肉親も失くし、自宅も流された被災者の気持ちは、どんなに苦しいのであろう。塗炭の苦しみと評したのはM宮城県知事であるが、意義通り泥や火の中にいるような苦しみだろうと思う。

●峠の通学路

県立サナトリウムは町中から仰ぐ小高い丘陵地を占めていたが、国立ハンセン氏病療養所「東北新生園」は閑寂《かんじゃく》な町外れ、鬱蒼《うっそう》として雑木林の繁った峠の頂《いただき》の一帯に広がっている。東北本線瀬峰駅前からサナトリウム側へ延びる主要旧町道、それとL字に交わりながら他の主要旧町道が東北本線と併走する。道沿いの一重の集落がまばらになって、狭隘な交差点を紆余曲折すると、早々に人家の途絶えた野辺に快く投げ出される。

静寂な山林の狭間《はざま》に広がる緑濃い野辺に囲まれた水田や沢筋を越えて、細く曲がりくねった峠道がどんどん登り勾配を急にしてゆく。そんな行き交う車も稀《まれ》な峠道は、十二キロメートル先の県立高校へ自転車通学するのに具合がよかった。山間を縫うアップダウンのきついルートではあるが、そこは健全な高校生の脚力があれば、心身を鍛えるにもちょうどよい。栗原市の市役所所在地である築館《つきだて》までの緑陰のサイクリング・コースだと思えば若干しゃれている。

便数の少ない宮城交通バスも同ルートを通っていた。瀬峰側からの峠道をロウギアで登りつめるバスは一際《ひときわ》エンジンを高鳴らせなければならない。自転車は降りなければ立ち漕ぎとなる。雑木林に開ける丈の高い堅牢な鉄の門扉が国立ハンセン氏病療養所の正門だった。頂の一帯だけが少し平坦な峠道を挟んで、看護学校の寮と療養所の職員宿舎が、古びた木造平屋建ての軒を並べていた。峠の商店、バス停の小広場、一筋の峠道、鉄の門扉の中の建物群の閑寂さ。それ以外は鬱蒼とした雑木林が山頂の地形を覆い尽くすばかりだった。

立ち漕ぎで峠道を登りつめるころ、左手の寮から右手の療養所へ渡ってゆく、うら若い看護学生たちの姿があった。若さみなぎる高校生でも、息があがって顔を歪《ゆが》めざるを得ないところだが、そこを必死に整えて禁欲的で端正な澄ましたマスクで挨拶を交わすのが常だった。

宮城県築館高校の校風は質実剛健、学生服の腰に手ぬぐいをさげ、下駄か足駄を履くのが定番なので、もちろん軟派など考え得るかぎりとことん似合わなかった。それでも看護学生たちの朝の挨拶が、くたびれた学生帽を覗き込むように投げかけられると、彼女たちの控えめな微笑みがゆらめく花々のように見えた。

看護学校が療養所の中だったのだと思う。あるいは実習のため通っていたのか、たいてい登校で峠の頂上を越えるとき、ほぼ定刻に道を横切っていった。その行く手に、高い煙突が雑木林に紛れながらそびえ立つ。

どんな煙突かわからなかったが、スチーム暖房や給湯のボイラー用だろう。または療養所の廃棄物の焼却炉用かも知れない。それがサナトリウムの煙突とだぶって、一抹の恐れが胸に潜むのを否定し切れないものがあった。

荒天や自転車の故障や定期試験などでバス通学のとき、この「東北新生園」前のバス停から感染者が乗ってくるのは周知の事実だった。子供の頃からバスに乗車するおり、感染者を見かけるのは珍しくなかった。らい病菌に感染して顔などが腐るという特性上、治癒しても深い痕跡が残ってしまうため、一見してそれとわかってしまう衝撃的なものだった。

しかし、高校生ともなれば、バスに同乗しても動揺しない。外出できる者からは感染しないことも、偏見を持つのが愚かなことも、白眼視する者が卑劣なことも、わかり切っていた。ほとんど人里離れた療養所から一番近い瀬峰駅前の商店街への行き帰りと見てよかった。感染者に無分別な態度を取るよそ者が、同乗の誰かれから真摯な叱責を受けるのも当然なのだ。

それでも、一度バスがひどく混み合い、峠の頂上のバス停から黒いサングラスをかけた痩身の男性感染者が乗ってきたとき、人々が微妙に立ち位置をずらす中で、かろうじて避けずに踏み留まって、どうにか瀬峰駅前まで隣に立ち通したことがあった。それが予想を超える心労だと知らされた。バスは曲がりくねった峠道に激しく揺れ、不可抗力で接触が起きるか「不幸の手紙」のような転嫁の心理で接触されたとしても、何ら不思議ではなかった。恐らく感染はしないと思っていても、それだけで人の心は割り切れるものではなかった。

大学四年のとき瀬峰中学校に教育実習に通ったが、担任したクラスの女子生徒の一人が国立ハンセン氏病療養所の職員宿舎に住まっていた。実習後に幾度か届いた便りからも確かめられた。全国を転校で移りながら育ったせいか、地元の女子生徒にはない洗練された雰囲気があった。そんな多感な思春期をどんな気持ちで峠の宿舎で暮らし、どんな気持ちで便りを投函したのだろうか。

いつしか、雨の降る夜にラフマニノフのピアノ協奏曲第二番を聴きながら、ワイパーごしに峠道をなぞり、黙って独り車を走らせるのが好きになった。国家公務員試験に合格したとき、もう女子生徒の消息はわからなくなっていた。恐らく転校を繰り返したろう。

何の因果か、国立病院の事務職を進路として考えたが、旧厚生省の面接通知はもらえなかった。思いがけず、旧大蔵省、旧建設省、旧郵政省、法務省、旧文部省、旧農林省の各官署から面接通知が舞い込んだが、こちらから求めた旧厚生省の官署だけは連絡がなかった。とはいえ、旧大蔵省と旧建設省の内定を得られたので、まず世間的に満足すべきなのだが、それでも始めからぬぐい難い違和感があって、クレゾール薬液の匂う療養所がよかった。

それは、母が病弱で入院生活が長かったため、幼いころよその家に預けられ、小学低学年のころ母の暮らす病室から登下校したからかもしれない。

長い廊下、一本足の松葉杖の男、その端の共同便所へ歩む後ろ姿、木製サンダルの反響。入り組んだ廊下の曲がり角、斜面に沿って傾斜する廊下に沿った階段。

傾斜と傾斜の間の平場に面した給食室から、アルマイトの食器の音が聞こえ、遅い午後は料理の匂いが漏れてくる。カウンターの小窓から白衣の調理員たちの姿がのぞけた。そのあたりで、快活なナースに話しかけられ、気恥ずかしくて答えられないまま、ランドセルの背負い革を握り締めた記憶がある。

心の底に、母の病院食を分けてもらう罪悪感があった。病身の母が食べるべき食事を減らしている。そんなやましさから、自分が病室で暮らしてはいけないと思い至り、仕方なく去ったのだ。そのころ家での生活がどんなだったか思い出せない。クレゾール薬液の匂いとは、幼くして抑圧した愛だったのかもしれない。

●辻の祠

天保の大飢饉について学んでいるうち、故郷の辻にも行き倒れの人々を祀《まつ》った祠《ほこら》があるのを知った。どのように行き倒れ、どのように祀られたか、若死にした母が話していた疎開先の生活を重ね合わせると、人というものの悲しさがあふれ出すようだ。

一九四五年三月十日の東京大空襲で焼け出され、縁故の農家に祖母と母とその弟妹とが居候したときのこと、朝食のおりに幼い弟が一つしかない鶏卵を見て、「ケケコ、ケケコ」と騒ぎ立てるのだ。農家の幼い男児の飯のうえに割り落とされ、黄身と白身が揺らいでいる。

もちろん居候一家の口に入る滋養豊富な鶏卵などないが、弟は幼くて分別がつかず騒ぎ立てた。そのとき、農家の主婦は我が子の飯のうえの卵に箸を突き入れ、激しくかき混ぜたそうだ。その主婦の情念的な仕草は忘れられないと母が漏らしていた。

この話を足がかりに大飢饉のときの辻塚の起こり方をなぞってみよう。

古《いにしえ》の大飢饉で行き倒れた人々は、打ち続く凶作で土地を捨て、生き延びたくて放浪し、乞食を重ねてきただろうが、広範囲な大凶作となれば、どこへ流れ着こうと食べ物が乏しく、よそ者に分け与えれば、その土地の者が死ななければならない過酷さがあった。そんな中では、他人の子供に食わせれば、我が子が死ぬとなったとき、どこの親が平然と我が子を死なせるだろうか。

自分の分を他人に食わせれば自分が死ぬとき、どこの親が平然と我が身を捨てるだろうか。自身が死んでしまえば、我が子が生き延びられる確率はとことん低くなり、道連れもいっしょなのだ。多くの親は我が子の食物を減らす者を見殺しにするだろう。これが親の愛というものの実像である。愛があればすべてが解決するなどと考えるのは、愚者の妄想というものだろう。

「私の破るべき煩悩《ぼんのう》が新たに生れた」

釈尊は我が子の誕生を知らされてそう言ったと伝わる。それを使者が子供の名前だと誤解し、そのため梵語で煩悩を意味する羅睺羅《らごら》と子供は名づけられた。

一般的に子煩悩と言えば、子に優しい親として考えられがちだが、仏教では悟りの妨げとなる妄念《もうねん》にほかならない。釈尊は二十九歳のとき生れた子供の顔も見ずに出家し、七年に渡る修行ののち三十五歳のとき悟りを得て仏陀となった。

釈尊は子供に対する執着心を退けるため、出家に際して我が子の顔を見なかったのだろう。

作家の埴谷雄高《はにやゆたか》の形而上小説『死霊《しれい》』の中に「生殖拒否」の思想が語られている。人間の自由意志を証明する方法は二つある。一つは昔からあるやり方で、少なからざる人々が至った自殺である。もう一つは、これが明確に思想となったのは『死霊』以来ではないかと思われるが、意志として自分の子供を作らないというものだ。

これを読み解くに、大学時代の経済学の教授が繰り返した、経済学の根本は「自己保存」と「子孫繁栄」であるとの定義がおおいに役立つ。この定義は人文科学のみならず、生物学など自然科学からも是認されるところだろう。科学において、人の「存在理由」としても考えられる。そこから、自殺が前者の否定であり、生殖拒否は後者の否定である。

動物の本能である「自己保存」と「子孫繁栄」を意志として否定するところに、意志自体の自由が証明されるのである。もちろん誰でもそんな証明をしなければならないわけではないし、人の自殺は自律性より他律性の恐れが濃いのではないかと疑われるが、人以外の動物は自由意志として自殺することがない。さらには、人も人以外の動物も本能のプログラムどおりに子供を作るが、本能のプログラムを超えて子供を作らないことは、人が多く選択するところではなく、もちろん人以外の動物が思い及ぶところではない。

これが人間の意志の自由を標榜《ひょうぼう》する「生殖拒否」の思想の概説にほかならないが、もちろん人それぞれさまざまな受け止め方に分かれるだろう。

ところで私は、二十歳で『死霊』を読み、二十三歳で生殖拒否の思想の実践を選び取った。我が子をこの世に遺《のこ》すつもりが全然ないし、墓標すらこの世に留め置きたいとは寸毫《すんごう》も思わない。

●末法思想

仏法は釈尊の没後、正法、像法《ぞう》、末法の時代を経ながら、しだいに世の中から失われてゆく。教（釈尊の教え）と行（教えによる修行）と証（修行による悟り）の備わるのが正法、教と行があっても証が失われた像法、教だけがあって行と証の失われた末法。

この末法の世では、釈尊の教えが変わらずにありながら、人々にそれを受け止める力が失われることにより、仏法が衰退を辿ってゆくという史観――それが末法思想である。

インドを起源として六世紀ごろの中国にあった思想であり、諸説分かれるところではあるが、おおむね正法千年、像法千年、末法一万年となっている。仏滅すなわち釈尊の入滅の年についても、やはり諸説が分かれていたが、我が国では平安末期から鎌倉初期にかけて、仏滅を紀元前九四九年とする説が主流となっていた。

そこから正法千年、像法千年を数えると、一〇五二年（永承七年）から末法に入ったことになる。それが保元・平治の乱、平氏の隆盛と滅亡、鎌倉幕府の創立、元寇といった社会的混乱や、うち続く大火事や大辻風や大飢饉や大地震といった天災地変と相まって、社会の各層に深刻な衝撃をもたらしたのである。

やがて鎌倉仏教諸宗の開祖となる法然、親鸞、日蓮などの宗教改革者たちが、そのような苦難の底から立ちあがってゆくのである。末法思想に超然とした道元もまた、釈尊の修法にのみ徹する厳しい姿勢を、そんな苦難の時代に命がけで選び取ったのである。それらが、現代へと続く仏教諸宗の源流であり、多く苦難に満ちた布教活動を切り拓《ひら》くのだ。

そのうち特に、平安末期の世情混迷から人々を多く救ったのが、法然、親鸞の専修念仏だったかもしれない。浄土宗、浄土真宗は末法思想に深く根差し、苦しみの底でのた打ち回り、世間に踏みつけられて悪人とならざるを得なかった者たち、仏説を理解できる力もない者たちの救済を唱えたからである。

このような浄土宗、浄土真宗の他力本願の念仏に先鞭《せんべん》をつけたのは、九世紀末から十世紀に現れた聖《ひじり》や上人《しょうにん》と称えられた数多くの念仏僧たちであった。

ときに荘園や武力を持って世俗化した寺や教団から離れて、深山に入って行を積み、戻って念仏を唱えながら、荒野や河原にあっては、行き倒れの死霊を浄土へ送り、都の辻や市《いち》にあっては、念仏往生を説いて民衆の教化に務めたのである。

特に、平安京を活動拠点とした念仏僧の空也《くうや》は、市聖・阿弥陀聖・市上人と称され、貴族・民衆の身分を超えて多くの帰依《きえ》者を集めた。全国霊場の行脚を重ねて、陸奥・出羽の民衆教化に務め、平安京に活動拠点を移した空也の様子は、金鼓《こんく》を胸にかけて叩き、打ち鳴らしながら「南無阿弥陀仏」と唱え、都の辻や市などで民衆を教化するもので、現在も伝わる踊り念仏の始祖とされる。

九三九年、平将門《まさかど》の乱・藤原純友の乱が起こって、東山・南海での官軍賊軍の死者はおびただしく、天台宗の総本山である比叡山延暦寺では、人々の恐れる怨恨の死霊を鎮めて浄土へ送り、世情不安の沈静化を期す大法会《ほうえ》が執《と》り行なわれた。

空也なども、荒野や河原に遺棄された数多《あまた》の遺骸を一箇所に集め、油を灌《そそ》いで焼きながら念仏を唱えて葬送したとも言われ、そうした取り組みに、死霊を鎮めて浄土へ送り届けるという、日本仏教における葬送儀礼の萌芽を見る立場もある。

いずれにせよ、空也の踊り念仏は、広がりを見せる阿弥陀仏信仰に乗じて、都の民衆に支持された。

聖徳太子の時代から日本仏教の中心に法華経があった。鎮護国家の仏教である天台宗でも変わらず、密教修法を掲げる真言宗が追随するに至ると、昼は法華経を読み、夜は陀羅尼《だらに》（梵《ぼん》文）を唱える風潮になったが、浄土教の不断念仏が天台宗に起こり、やがて陀羅尼と念仏が置き換えられた。浄土思想の広がりは、社会的立場の強弱を問わず、世の無常から逃れ得ぬさだめの貴族・民衆ともどもに及んだのだった。すなわち、この世の栄華のはかなさを知り、来世の利益を思って念仏を唱えて、阿弥陀仏の西方極楽浄土に往生することを願う。

宇治の平等院や平泉の中尊寺・毛越寺《もうつうじ》などの建築にも、浄土思想が色濃く反映されている。

そのような浄土思想と念仏の広がりに加えて、末法思想の蔓延が追い討ちをかけることで、初めて法然、親鸞の他力本願の念仏が生れてくるのである。

凡夫・悪人が自力で極楽往生するなど難《かた》いことで、一人残らず救おうとする阿弥陀仏の本願にいっさいを委《ゆだ》ね、もっぱら南無阿弥陀仏とのみ唱える――それにより極楽往生に望みを託す、専修念仏・他力本願の潮流へと時が満ちてくるのである。

●累々たる屍

『方丈記』訳

一一八二年すなわち養和二年、大飢饉はいよいよひどく、そのうえ悪性の伝染病までが追い討ちをかけた。人々はみなさらばえて、日に日に弱ってゆく姿など、浅い水にもがく魚のようだ。笠を被り、脚絆《きゃはん》を巻いて、整った身なりの者すら、ひたすら家々を訪ねて物乞いする。そんな落ちぶれた者たちは、歩いているかと思えば、すぐに倒れ伏してしまうのだ。埋立地のあたりや道のほとりに、餓死者はおびただしく、屍《しかばね》を取り去りようもないので、死臭が平安京をいっぱいに満たして、腐敗によって姿形が崩れてゆく光景は、眼を覆うようなものばかりだ。都の市中がそんなだから、鴨の河原などには屍がさらにおびただしく、もはや馬や車の行き交う道とてないほどである。得体の知れない山賊や木こりの類も疲れ果て、薪すら運び込まれなくなった都では、ほかの手立てのない人が、自分の家を壊して市で売るのであるが、その一人当たりの対価は一日を生きるに値しないそうなのだ。薪の中に赤い塗料や金銀箔ののぞく木が混じっているので、疑いを抱いて訊《き》き出してみれば、ほかになすすべのない者が、古寺に行き着いて、仏像を盗み、本堂の祭具を打ち壊し、割り砕いて薪としたのである。私は末法の濁悪あふれる時世に生れ合わせて、このような胸の潰れるような悪事を見たのであった。

●腐った匂いの海風

東日本大震災以降、仙台市宮城野区蒲生《がもう》地区はいまだに廃墟になったままだ。貴重な野鳥の生息地として知られた蒲生干潟へは歩いても到達できない。海岸から一キロメートルは壊滅と立ち入り禁止と水没とで、そもそも立ち入ること自体が憚《はばか》られるところ、とうてい通常の神経の者なら入ってゆける状態ではない。

一帯は、七北田川の河口部三キロメートルの北側と、海岸線から長方形に内陸へ三キロメートル入り込む仙台港の南側に沿って、海岸から内陸へ挟み込まれるように細長く延び、旧来住宅地の蒲生地区と巨大港湾企業施設の港地区から成っていた。

七北田川流域河口部の開拓を命じられて入植した蒲生氏の姓が現在の地名として残された。私が未認定避難所・仙台高砂市民センターで避難生活をともにしたのは、多くが蒲生地区か七北田川南流域河口部の岡田地区の人々であった。

海岸線と併走する直近の幹線道路が、県道塩釜・亘理《わたり》線である。南北三十六キロメートルに渡って、塩釜市、多賀城市、仙台市宮城野区、若林区、名取市、岩沼市、亘理町をつなぐ。「若林区の路上に二、三百人の遺体」と大津波直後に報道されたのは、この路線にほかならない。そこから海側がおおよそ蒲生地区となる。私の自宅マンションは県道塩釜・亘理線を内陸へ越えた七北田川北流域にある。大津波の五日ほど後、余震と余震の間も揺れ続ける大地を辿って、刺激的な海の汚泥と潮の匂いに覆われた自宅マンションに、身の回り品を取りに一時帰宅したとき、大余震の恐怖と先行きの絶望を抱きながら、バルコニー越しの窓外を眺めたところ、遡った大津波に荒廃した七北田川の流れの向こう、都会の裏側に残された三月の田植え前の水田が、引き残った潮を満たして幾重もの艱難辛苦の鏡のようだった。

自宅マンションから海側へは足が動かない日々が続いた。それから蒲生地区へ徒歩で入ったのは、震災から二ヶ月余り後の雨あがりの午前であった。避難所の人々の話や、買出しの列の人々の話や、指定避難所・高砂中学校や仙台高砂市民センターなどで、忙しく献身したため痩せ細った担当医が、

「一度は見て置くべきですよ。言葉が出て来ないんですよ」

と語るのに接し、仙台港と県道塩釜・亘理線に近いクリニックで意志を固めた。

不用意に赴《おもむ》かなかったのは、大津波の再来を恐れてだけではなくて、大勢の死者を出した地区に踏み入るのは、不謹慎ではないかと思ったからだ。一ヶ月余り前の四月七日には、深夜に襲った超余震で自宅マンションが全壊化の憂き目を見ていた。車を走らせて見にゆく気にはなれず、移り変わる情景を見すえながら徒歩で踏み入った。また超余震が起きたら全力疾走で逃げるつもりだった。

自宅から二キロメートル、閉鎖された建物に残る津波の跡が二メートルの高さを超えていた。まだ県道塩釜・亘理線の手前である。それを渡って、さらに蒲生地区を二キロメートル海岸へ進むと、建ち並ぶ無人の廃屋が迎えるばかりだった。

遠くから望むと、軒を寄せ合う屋根がのどかにすら映ったが、立ち入ってみれば、東西の外壁を打ち抜かれた無言の廃屋が延々と建ち並ぶ情景というものは、叫びとも化せない暗い内心の唸《うな》りを呼び起こす。そして、南北の外壁に残る大津波の痕跡が、三メートル、五メートル、八メートルと急激に高さを増してゆく。大津波の再来が襲いかかればまず助からない。

その先一キロメートルは心理的にも物理的にも社会的にも立ち入れないが、水平距離と垂直の高さとの相関率から推測される海岸線での大津波の高さは、十二、三メートルでないだろうか。七北田川河口の南蒲生にある仙台市の下水処理場の職員の話だと、大津波到達の瞬間の正確な高さは計測機器の損壊でわからなかったようだ。

初めは高さ三メートルと報じられた警報が変わり、高さ十メートルの大津波が来ると聞いて、何かの間違いだろうと思ったと言う。それが建物の窓から海をながめていると、ほんとうに十メートルを超える水の壁が立ちあがって、長い海岸線のすべてに向かって迫ってくるのが視界に入った。その瞬間、車のキーも放りっぱなしで、六階へと必死に駆けのぼった。

仙台港から南側は、三陸から続くリアス式海岸が終わって、長い砂浜が延々と続くのである。広い砂浜の手前には、はるかに連なる防波堤があり、うちに帯状に沿う黒松の防潮林。その樹高十メートルはあると思われる黒松林を音もなく越えて、長い海岸線のすべてを呑み込んで迫る凄絶《せいぜつ》な海水の壁が、仙台市の下水処理場に襲いかかった。

もはや建物が崩れるのではないかと思ったと言う。もちろん車も車のキーも流されていた。それから一晩を孤立して過ごし、翌朝には陸自のヘリで吊りあげられて、水田地帯の先端の海岸線にぽつんとある下水処理場の建物から脱出したのだ。三月の田植え前の水田に満ちる海水の鏡に、打ちあげられた流木や船舶が半ば溶け込んで、恐るべき力が通り過ぎたことを如実に示していた。

それが七北田川南岸の河口での出来事である。流れを挟んだ北岸の河口部に広がる蒲生地区は、防波堤と黒松林の際《きわ》から密集する家々が占めていた。南蒲生の下水処理場のような高さのある堅固な建物はほとんどないにも等しかった。大津波の襲来のときに逃げ遅れた人々は、瓦礫《がれき》とともに揉《も》まれ、打ち寄せられたか引き去られたか、どちらかになったのは想像に難くなかった。だからこそ、不用意に踏み入ってはならなかった。

　九死に一生を得た蒲生地区の十八歳の少年は、大津波が襲来したとき平屋建ての自宅の屋根へ逃れたものの、それでは足りずに水位があがって水没する瞬間に、隣の二階建ての家に飛び移って凌いだ。高校卒業と専門学校進学祝いの新車のパジェロが、眼の前で水没するのも一瞬だった。必死にあがった二階建ての屋根が、大津波の渦巻く流れに浮かんでいた。翌晩の避難所の暗がりで、足の負傷と新車のキーを撫《な》でながら、少年は熱っぽく語った。

　この少年は私が避難所を出るのを機に、仙台高砂市民センター調理室の次の避難者リーダーに抜擢された。

「家を失った分、貴重な経験を積んで、より多く取り戻せるように」

「ありがとうございます」

　それが避難所を出るとき少年と交わした挨拶だった。

　およそ二階建ての屋根の高さは十メートルに近いものがある。どれだけの高さの大津波が蒲生地区に襲いかかったのかは、この少年の体験談からもかなり明瞭に想像できるだろう。それほど体力がなくて逃げ遅れた人々の苦難も如実に浮かんでくる。

　七北田川の堤防は概《おおむ》ね決壊していない。下水処理場の職員は「川からではない。海岸線のすべてに高さ十メートル超の水の壁がいっせいに襲いかかって、松林を音もなく越えて押し寄せた」と証言した。

海岸線から五キロメートル上流のマンションの管理員は、「潮が寄せて上階へ駆けあがると、巨大な津波が川を広げて遡ってゆく光景が見えた。左右の堤防の高さぎりぎりで猛烈にうねりながら、すぐそばの高砂大橋の橋げたすれすれに波濤が届いた。引き波とぶつかった第二波、第三波がなお激烈にのたくるような遡上を繰り返していった」と明言している。「津波は堤防を越えていない。マンション一帯を浸水させた津波は仙台港のほうから寄せた」「津波は川を遡って堤防がクランクに折れ曲がる箇所であふれ出た。でも蒲生地区を水没させた水は川からじゃない。仙台港から来た。この仙台港さえなかったら……」

まだ大津波の襲来から幾日も経っていない仙台高砂市民センターの調理室の床に座って、仙台市が作成した仙台港周辺の津波防災地図を広げながら、夫と愛犬と家と工場を奪われた婦人が、長方形に三キロメートル内陸へ入り込んだ事業港を指差して、低くつぶやいた。「この仙台港さえなかったら……」

そんな避難所で知ったことを思いながら、壊滅した蒲生地区の廃墟の中を黙々と巡り歩いた。飴のようにひしゃげた鉄骨構造、ひと握りにされた大小の車両、流離の家の残骸、家を失った土台、赤錆びたマンホールの蓋、野犬化したペット、鳴き喚《わめ》くカラスの大群。片付けの人影もわずかで、がれき運搬のダンプカー、他都府県の警察車両、海岸線から一キロメートル地点で交通規制する警備員、崩壊した堤防上の歩道、打ち上げられたボート。さらに海岸のほうに投入された黄褐色の複数の重機が、高く動力音を響かせて立ち働いている。

警備員を背後の堤防上に残したまま、付け根の農業用水路に沿って、さらに海へ近づいた。和田堀を渡り返す小道を黙々と老人が降りてくる。老人が停めてあった自転車で立ち去るのとすれ違った。堤防の斜面を通う小道の白い金属パイプの柵が、なぎ倒されて道幅いっぱいに広がっていた。避けながら擦《す》り抜けると、クランクに折れ曲がった堤防のうえに立った。

南蒲生の仙台市下水処理場が、きらきらと光る七北田川の流れの向こう側に見えている。小ぢんまりとした屋根のかかる等身大の石仏の坐像が、案じたにもかかわらず、驚くほど損なわれることなくあった。そこは和田念仏講による延命地蔵尊が祀られてきた場所だった。

三　数も知らず死ぬる事を悲しみて…

また、いともあはれなる事も侍りき。さりがたき妻《め》、をとこ持ちたるものは、その思ひまさりて深きもの、必ず先立ちて死ぬ。その故は、わが身は次にして、人をいたはしく思ふあひだに、まれ〳〵得たる食ひ物をも、かれに譲るによりてなり。されば、親子あるものは、定まれる事にて、親ぞ先立ちける。また、母の命尽きたるを知らずして、いとけなき子の、なほ乳《ち》を吸いつつ、臥《ふ》せるなどもありけり。

愛別離苦《あいべつりく》――仏教で愛する者と別れる苦しみを指す言葉だ。生老病死の四苦に、この愛別離苦、怨憎会苦《おんぞうえく》――憎い者と会う苦しみ、具不得苦《ぐふとくく》――求めて得られない苦しみ、五蘊盛苦《ごうんじょうく》――全身に盛られた苦しみを含めて八苦と言う。「四苦八苦」の語源である。

生は苦なり、老は苦なり、病は苦なり、死は苦なり。愛する者と別れるは苦なり。憎い者と会うは苦なり。求めて得られぬは苦なり。身体はすみずみまで苦なり。

かくして一切皆苦《いっさいかいく》が導き出される。その中にあっても、最も切ないのが愛別離苦ではなかろうか。

●愛の苦しみ

『方丈記』訳

また、とても可哀想なこともあったものだ。離れ難い妻や夫を持つ者は、その思いのより深いほうが、必ず先に死ぬからだ。なぜなら、おのが身は差し置いて、相手を哀れと思うあまりに、ごくまれに得た食べ物も相手に与えてしまう。それだから、親子である場合ならば、必ず親が先に死ぬのであった。また、母の命が尽きたのを知らずに、いたいけな赤ん坊が、なおも乳を吸いながら伏せる姿もあった。

●苦しみの果て

愛する者と別れるのは苦しみなのに、その苦しみを負っても愛する者を助けたいのだろう。それが愛の深さなのであり、それだけの相手に巡り合えるのは幸《さち》であり、せめてひとりのために死ねる人になりたい。

＊　　＊　　＊

仁和寺《にんなじ》に隆暁法印《りゅうげうほういん》といふ人、かくしつつ、数も知らず死ぬる事を悲しみて、その首《かうべ》の見ゆるごとに、額に阿字《あじ》を書きて、縁を結ばしむるわざをなんせられける。

人数《かず》を知らんとて、四五両月を数へたりければ、京のうち、一条よりは南、九条よりは北、京極よりは西、朱雀よりは東の路のほとりなる頭《かしら》、すべて、四万二千三百余りなんありける。いはんや、その前後に死ぬるもの多く、また、河原・白河・西の京、もろ〳〵の辺地《へんぢ》などを加へて言はば、際限もあるべからず。いかにいはんや、七道諸国をや。

『方丈記』訳

仁和寺にいた隆暁法印という僧侶は、そうして数え切れないほど人々が死ぬことを悲しみ、死人を見るたびその額に梵字《ぼんじ》の「阿」を書いては、仏縁を結んで往生せしむるよう祈禱した。いつか死人が生まれ変わって発心《ほっしん》し、仏道修法をして仏陀へと至れるよう、せめてもの葬儀をしたのだ。死人の数を知ろうと、四月と五月の両月分を数えてみれば、平安京のうち、一条大路から南側でかつ九条大路よりは北側、そして朱雀大路から東側の道端、すなわち左京の碁盤の目の道端には、四万二千三百余りもあったものなのだ。それればかりではなく、その前後に死んだ者も多いし、河原・白河・西の京ほか、平安京近在の辺地などを含めると、際限のない数にのぼるのは避けられない。それればかりならまだしも、山城・大和・摂津・河内・和泉の五畿も超えて、東海・東山・北陸・山陽・山陰・南海・西海の七道諸国をも合わせると、どれほどの数にのぼるであろうか。

グランディ21が東日本大震災の際の被災者の遺体収容所だった。

多賀城市や仙台市沿岸部で発見された遺体は、やや内陸の山間にある、この新興の壮大な屋内スポーツ施設に集められた。付近の道を車で通過するとき、青地に白文字の交通標識に「グランディ21」の文字を認めるだけで、その悲惨さが胸に突き刺さってくるような感触だった。

●火葬場の別れ

母の遺骸を焼き釜に入れるとき生理的に吐きかけた。若くて感覚が鮮烈だったこともある。五月の暑い日々に長く葬儀を執り行なったため、ドライアイスも傷《いた》みを抑えられなかったのだ。

小雨のそぼ降る中、遺族が焼き釜のそばで番をする慣わしに従って立っていたが、母の姿形が失われてゆくのは、肩が震えるほど耐え難いものがあった。

緑の木々に囲まれたアスファルトの駐車場が、小雨に濡れながら色を濃くして光り、灰色の空に立ち昇ってゆく煙突の煙……焼き釜のそばから独り見やりながら、肩が震えて涙が零《こぼ》れるのを耐え忍ぶしかなかった。

若くして急逝した母の死に目には数時間も遅れて会えなかった。だから死んだことすらよく納得できなかった。母が死んだと腑《ふ》に落ちたのは、このときが初めてだった。

控え室では握り飯はおろか飲み物さえ喉を通らなかった。母の血を飲み、母の肉を食べるのも同然だった。それが肉親の情というものだろう。このとき参列者の姿がどう映ったか覚えがない。それから半年やら多年に渡って魚肉や獣肉を断《た》ったり、その両方を断ったりしてきた。あらゆる食物は他の動植物の命であるのだから、必要最小限に取って、必要最小限に食すのが摂理であると、このあたりから考えるようになった。

そして、あらゆる財産は限りある地球資源なのであるから、これらもまた必然的に必要最小限に取って、必要最小限に活用するのが摂理であると考え至った。それが善の原則であり、万人が幸福に生きて死ぬことの不可欠な根底ではなかろうか。

人生において、このような考え方や生き方を貫《つらぬ》いても、何ものも失うものはない。

「富める者が天国に入るのは駱駝《らくだ》が針の穴を通るより難い」（イエス・キリスト）

人であれ組織であれ、国であれ連邦であれ、命や資源の貪《むさぼ》りに陥れば、幸福な死は遠ざかるだろう。この世の森羅万象は「生成・発展・消滅」の哲理に従わざるを得ず、貪りは満たされることがあり得ない。貪りがあるのは愚かだからであり、愚かだから貪り、満たされないから怒るのである。仏説では、怒り、貪り、愚かを「三毒」と言う。

●「うちの両親来ていませんか?」

二十歳前後の男子学生が、仙台市沿岸部の老人施設を訪ねた。宮城野区岡田の家と農地を大津波に呑まれ、両親を流されて亡くした男子学生は、認知症の祖母の住む近隣の施設で尋ねたのだ。「うちの両親来ていませんか?」と。もちろん、亡くなった両親と会えることもなく、そればかりか残された認知症の祖母が、男子学生が孫だとわからずに尋ねたのだそうだ。

「だれだ、あんたは?」

家を失くし、両親を亡くし、農地を潰《つぶ》されて、そのうえ認知症の祖母を抱えなければならない男子学生の苦しみは、心が荒《すさ》んでも何らおかしくない深さだろう。そればかりか宮城野区岡田地区では、昔からの農家の被災が主になるため、親戚ぐるみで亡くなった人々が少なくない。JA仙台高砂店の店頭では、保険金の申請に訪れて、泣いてゆく人々があった。

もしもグランディ21で両親と会えていたなら、そのとき男子学生の胸に去来したものは何だったのだろうか。

＊　　＊　　＊

長明は言う――

崇徳院《すとくいん》の御在位のとき、長承《ちょうしょう》のころだとか、このような例があったと伝わるが、その治世の情勢は知らない。これほど悲惨な大飢饉を目の当たりにするとは、尋常ではなかったのである。

『方丈記』訳

崇徳院は保元の乱に敗れて讃岐《さぬき》へ流され、平安京へ戻れないまま最期を迎えた。一一六四年のことである。

清盛が政権を掌握したのは、保元の乱と続く平治の乱において、反乱方の源氏など敵対勢力を打ち破ったからだ。平治の乱で清盛に敗れた源義朝の遺児が、頼朝や義経なのであった。一一五六年が保元の乱、一一五九年が平治の乱。およそ二十年の歳月を経て、諸国の源氏が挙兵に及んでいる。一一八三年、以仁王の令旨を奉じ、源頼朝と相俟《ま》って挙兵していた木曽義仲は、現在の石川県と富山県の境にある砺波《となみ》山の倶利伽羅谷《くりからだに》の戦いにおいて、総大将・平惟盛の率いる数万の大征伐軍に松明《たいまつ》を角に縛った牛の群れを急降下させて破り落とした。同年、清盛亡き後の平氏の棟梁・平宗盛は源義仲の進攻を防ぎ切れず、安徳天皇を奉じ一門を率いて大宰府に落ち延びるのであった。

入京後に平氏追討のため西下した義仲であるが、義仲軍の京洛での乱暴狼藉《ろうぜき》のため、後白河法皇や貴族たちから排斥され、義仲追討の命令が鎌倉の頼朝にくだされる事態になった。義仲は急ぎ帰京して法皇の御所を襲撃し、逆に頼朝追討の宣旨を強要によってくださせるのだった。

一一八四年、征夷大将軍となった義仲は、頼朝が義仲追討に遣わした範頼、義経の軍勢と宇治瀬田で戦って破れ、近江粟津《あわづ》で敗死するに至った。

一方、宗盛率いる平氏一門は、一一八三年に再び大宰府を発って、平氏再起の先鋒軍の大将・教経《のりつね》が備中《びっちゅう》国水島（現在の岡山県）で木曽義仲の軍勢を破り、さらに摂津国一ノ谷まで引き返して布陣。そして一一八五年、平氏追討の朝命を得て西下した源範頼、義経の軍勢と相見《まみ》えるのであった。

一ノ谷の戦いである。急な崖を鹿がくだるのを見た義経は、その崖を馬でくだって平氏の陣を背後から襲った。そこから先はまた那須与一の扇の的で有名な屋島の戦い、さらには平氏滅亡の地・壇ノ浦の戦いへと移ってゆくのだ。

この先は琵琶法師の辻語りに如《し》かずと思われるから立ち入らない。長明もいっさい触れなかった。秋風の立つ夜など、戦記文学の最高峰『平家物語』を繙《ひもと》くのもよいのではなかろうか。有名な冒頭の「祇園精舎の鐘の声、諸行無常の響きあり」から始まる一節一節が、どこからか琵琶の弾奏をともなって、心に響いてくるならそれもまた一興かもしれない。

給孤独長者《ぎっこどくちょうじゃ》が中印に整えた釈尊教団の僧坊「祇園精舎」。それから二十五年間の説教を経て、釈尊が入滅の座を設けた沙羅樹の林は、拘尸那羅《クシナーラ》の城の外、熙連河《きれんがわ》の岸の角の三方に水の巡る場所にあった。「沙羅双樹」の間に設けた座に、釈尊は北枕を選び、右脇を下にして西を見る横向きの姿勢となり、八十歳の病の身を静かに横たえたのである。やがて入滅のとき、にわかな花をつけた、白い鶴のような色の沙羅双樹の花びらが雨のように降り注いだ。

第三章　地水禍（外面の苦 その二）

一　おびたたしく大地震ふる事侍りき…

また、同じころかとよ。おびたたしく大地震《なゐ》ふる事侍《はべ》りき。そのさま、よのつねならず。山はくづれて、河を埋《うづ》み、海は傾《かたぶ》きて、陸地をひたせり。土裂けて、水涌き出で、巌《いはほ》割れて、谷にまろび入る。なぎさ漕ぐ船は波にただよひ、道行く馬は足の立ちどをまどはす。都のほとりには、在在所所、堂舎塔廟《だうじやたふめう》、一つとして全《また》からず。或はくづれ、或はたふれぬ。塵灰《ちりはひ》立ちのぼりて、盛りなる煙のごとし。地の動き、家のやぶるる音、雷《いかづち》にことならず。家の内にをれば、たちまちにひしげなんとす。走り出づれば、地割れ裂く。羽《はね》なければ、空をも飛ぶべからず。竜ならばや、雲にも乗らん。恐れの中に恐るべかりけるは、ただ地震なりけりとこそ覚え侍りしか。

この八百余年前の地禍の記述に往時を偲《しの》びながら、東日本大震災の被災体験を言語化することで、できることならささやかな鎮魂歌として捧げられるよう希《こいねが》う。

八百余年前の大地震においても、津波が陸地を襲ったことは推察され、そして山崩れ、地割れ、涌水《ようすい》、家屋倒壊といった大規模災害が、現代にも通じるような状況で起こったことが、迫真的に綴られた鮮明なイメージから如実に窺い知れるところだ。

長明は八百余年前の大地震を「よのつねならず」としたのだが、私は執筆年齢がより若いばかりか、復旧の見通しが立たない状況下において言語化しなければならず、「この世の終わり」と著《あらわ》さざるを得なかった。

これは大震災から二ヵ月後の五月に言語化を試みたもので、生々しい緊張感を湛えている。初出はアスキー新書『明日の日本をつくる復興提言10』（アスキー・メディアワークス刊）の提言1として特別寄稿したものである。九月が巡って、できるかぎりの補足を施し、東日本大震災の発生当初の実体験の記録として再掲したい。

●「この世の終わり」

二〇一一年三月十一日、午後二時四十六分頃。

いわゆる未曾有の東日本大震災は、破滅的に長々と続く大震動を突発的に見舞った。私の住む自宅マンションの同階の姉妹の悲鳴、泣き叫ぶ声、外廊下の柵壁にすがって震える妹を抱く蒼白の姉。それが玄関のドア口で私の耳目に飛び込んだ。クライストチャーチ（ニュージーランド）でのビル崩落の映像の記憶も生々しく、マンションの崩落を恐れて全住民が半壊した非常階段を駆けおり、不気味に揺れ続ける大地から曇天を仰いだ。

それは、宮城県仙台市宮城野区の沿岸部に広がる新興住宅街の一隅であった。揺れと揺れの間も揺れ続け、立って歩いていると、平衡感覚が狂うような奇妙さである。

さらに午後四時頃、仙台港から押し寄せた大津波が、人々や自動車や家々を次々に呑み込んだ。仙台港の最奥部から二キロメートル地点であるにもかかわらず、視界を遮《さえぎ》る巨大な周辺施設に目隠しされ、大津波が及んでくることすら全然わからなかった。私たちのマンションも、みるみるうちに波及した海の中に一階部分が浸かってゆく。私と家族もぎりぎり、大津波による浸水域の縁《ふち》へ逃れて、おりから降りしきる雪と、火災による煙で彩られた仙台港の一帯を、文字通り生死の分岐点で見つめていた。

鉛色の圧しつけるような夕暮れの天空が、白く舞うにわか雪と、噴きあげる紅蓮《ぐれん》の火炎と、黒色や鼠色に広がる扇状の煤煙に彩られて、私たちに「この世の終わり」を思わせて余りあった。それがさらに延々と苦しみを受け続ける避難生活の始まりとは、そのときは全然知らなかった。

●破滅的な巨大震動

始まりの巨大震動は一度目と二度目とがあった。

一度目は外へ逃げられないほど激烈に揺れ続け、本棚や戸棚や仏壇や神棚もめちゃくちゃにし、玄関ドアの外へ転げ落ちた水晶玉を家族が必死に追う姿をも、長々と菱形にぶれるように揺さぶり続けた。「もう止んでくれ」。それが、心からの祈りだった。

蛍光管やグラスや茶碗が割れて飛び散り、蔵書や文房具や生活雑貨が乱れ落ち、足の踏み場もない。構わず、唯一の逃げ道・玄関ドアを開放しなければならない。

地底の動力源が、無機質な激動を繰り返す。ようやく通路に出たときは、もはや崩れ落ちた外壁から鉄筋が覗けるほどで、同階の姉妹の妹が震えながら泣き叫び、人々はマンションが崩落しないか恐れながら戸惑っていた。

すでに路上に逃れた人々が管理員を囲んで集まっている。

「終わりましたね」

泣き叫ぶ十代後半の妹を慰める健気な姉が告げた。

「恐らく崩落しないで済むでしょう」

答えながらも、私が室内に戻って起こした行動は、自分と家族の防寒着と財布を持ち出すことだった。

二度目の巨大震動が襲いかかったとき、まだ運転免許証も愛車のイグニッション・キーも携《たずさ》えておらず、一度目に劣らない激烈さの長くて破滅的な揺れは、もはやマンション残留者全員を駆け出させるのに充分だった。

「非常階段、気をつけろ！」

管理員は出身の陸上自衛隊の気風に戻って路上から叫びあげた。鉄製の二基の非常階段は、損壊が激しくて壁面からも乖離《かいり》しており、避難者の一歩ごとに激しく揺らいだ。全一基のエレベーターも損壊から緊急停止したため、それ以外は逃げ道がなかった。

「この辺の避難場所はどこですか？」

ともに地上に逃れた同階の姉妹の姉が、なおも震え止まない妹を気遣いながら切迫の表情を浮かべた。

当夜に浸水して孤立する近所の高砂中学校は、七北田川沿岸なので除外し、やや上流域の鶴巻小学校の名が思い浮かんで、そのとおり伝えると姉妹は徒歩で避難経路をなぞった。マンション前の路上の人影は薄くなり、どことなく空気が変わって、その場にいてはいけない雰囲気だった。前年のチリ中部地震による津波襲来のとき、避難命令を受けた経緯があった。そのおり川を遡上した津波が堤防からあふれてマンション敷地をごく浅く浸すイメージを結んでいた。それでも前年は津波が到達することはなかったので、今度もマンションまでは届かないだろうと思ったのだが、もしも届いてしまったら愛車が溺死してしまうだろう。それを避けるため、愛車を最短距離で逃がして避難するのが妥当だという結論を抱いた。

●**巨大津波の襲来**

余震と余震の狭間《はざま》を縫って、運転免許証と愛車のイグニッション・キーを室内から持ち出し、ディーゼル・エンジンを始動させたとき、すでに家族は徒歩で東部道路の高架を内陸へ潜《くぐ》っていた。取り残されておろおろする女児と祖母に出くわし、知己でなくとも放っておくのが忍びなく、危機感を帯びつつ停車して同乗させるなり、渋滞を掻い潜りながら遅れて内陸へ駆け抜けた。

こののち大津波の凄惨な被害を受ける仙台港北側・多賀城市方面へ向かう数珠繋《じゅず》ぎの車列の隙間を掻い潜っていた。

ＬＥＤランプの消えた信号と、隆起と陥没も著しい路面から、改めて尋常ではないと思い知った。先導の家族が指し示す場所に愛車を停めると、大津波警報のサイレンが鳴り渡る真っ最中であった。人波の流れに急かされながら、眼前のスロープを駆けあがった。

大津波の第一波が、宮城県の太平洋沿岸を縁取る高速道・東部道路直下の幹線道である産業道路を沈め、一次避難先として詰めた宮城生協高砂駅前店の屋上から覗ける足下へ及んだ。それが及んだことすら、人声がして確かめるまでわからなかった。そのとき「津波は第二波、第三波のほうが、第一波より高くなる恐れがあります」というラジオ放送を耳にしながら、もはや交通麻痺で動けないため、これは死ぬかも知れないと胸騒ぎが感じられて、それなりの覚悟をしなければならなかった。

約二百メートルの距離の七北田川に人や車や家が流されていると、続々と避難してくる人々が悲鳴のように言い放った。

「死ぬときはみんないっしょだろう」

私と避難行動をともにした家族とは、おりから降りしきる雪に震えながらささやき合った。より内陸へ逃げるべきだったかもしれない。そう感じながらでもあった。

仙台港を襲った大津波は幹線道路から枝線道路へ走り渡って、瞬く間に一帯をにわかな海に変えたのだった。なおも鳴り響き続ける大津波警報。騒然とさせる消防車や救急車のサイレン。視界をさえぎる悪天候に轟《とどろ》くヘリのローター音。警戒を呼びかけ続ける緊急ラジオ放送。

眼を凝《こ》らすと、私たちのマンションが、降りしきる雪と、仙台港一帯で発生した火災の煤《ばい》煙《えん》と、夕景の薄闇が刻々と濃くなる中に、霞みながら幻のようなシルエットを浮かべているのであった。

まだ崩れ落ちていない安堵とともに、火災でやられるかもしれない不安を掻き立てられた。七北田川を渡った東部道路の高架の向こうに、非現実的に佇《たたず》む私たちのマンションの一帯は、もはや完全に陸ではない場所になっていた。そんな海の中にある「我が家」の現実は衝撃的なものだった。これは思っているより状況が著しく悪くて、大津波警報もまったく解除されそうになく、嫌でも家に帰れないのだという事実を受け入れざるを得なかった。

●煤煙の避難所

「仙台港に十五メートルの大津波が来たんだ！」

宮城生協高砂駅前店の屋上で誰かが叫んでいる。

より仙台港に近く、ショッピング・モールなど大型商業施設が集中する「仙台ゆめタウン」の惨状は推《お》して知るべしである。近くには、平地の巨大駐車場を備えたイベント・ドームのゆめメッセみやぎや仙台港フェリーターミナル、工場見学者も多いキリンビール仙台工場などの私企業や仙台港変電所などの公益事業の巨大施設が、集約的に配置されていた。

ゆめメッセみやぎにいた知人は大津波に気づいて、とっさに隣接のイベントビルの上階に駆けあがると、逃げる車が人を乗せたまま流されてゆく中に、自分の車も流されてゆくのを見たが、それを知ったのはのちのことだ。視界を遮蔽《しゃへい》する工場や倉庫などの施設群が建ち並び、こちらからは大津波が迫るのも見えなかった。

宮城生協高砂駅前店屋上の防災テントの陰で傘を握っても、降りしきる雪で骨が冷えて生きた心地もなかった。店舗判断で配られた菓子と衣料が大切な命綱だった。

みるみる夜陰が濃くなるにもかかわらず、大津波警報が解除される予兆はいっこうになく、延々と揺らぎ続ける大震災で崩落しかねない店舗では、最終的に夜明かしできなかった。

「ここでは夜明かしはできません。夜明かしできる指定避難所の鶴巻小学校へ移ってください。かなり混み合っていますが、同じく指定避難所の高砂中学校は浸水していて行くことができません。ほかは食べ物がありませんが、厚生年金病院の浸水していない二階の廊下で過ごすことができます。それから高砂市民センターでも避難者を若干受け入れています」

町内会役員がハンドマイクを握って夜の帳《とばり》が降りる時刻に大声で告げていた。

「鶴巻小は人があふれて入れなかった。高砂市民センターは足の半分ぐらいまで水があった」

後続の避難者からそんなささやき声が漏れてくる。

防災テントの陰から動こうとする人々は多くなかった。登山経験があるので、ここに残れば凍死すると判断できたが、すぐ脇の駐車場は津波に浸っていなかった。そこには電柱の近くを避けて愛車が停めてあった。その車内で夜明かしするか、避難先を移るかどちらかだ。

「車で寝るか」

私は家族と顔を見合わせた。

「鶴巻小は暗く寒い夜に遠過ぎるし、途中の情勢がわからないし、それに場所を知らないし。高砂市民センターならここから近くだから、行くだけ行ってみてダメだったら、またここに戻ってきて車で寝ればいいいんじゃない」

そんな趣旨を家族が答えていたような記憶も、探れば蘇ってくる。

ほどなく意を決し、刺激的な匂いの潮と泥の溜まった真っ暗な夜道を探り歩いて、未認定避難所・仙台高砂市民センターへたどり着いたのは、恐らく午後七時半過ぎだったと思われる。

入って見回せば、廊下やホールまで避難民があふれ、真っ暗で冷たい二階の調理室に潜り込んで一夜を明かした。戸棚の食器類が壊れて散乱し、非常電源による照明も暖房も及ばないせいで、がらんとした調理室で過ごす者は、私と家族のほか数人の人影しか見当たらなかった。

しかし風雪を凌げる安堵感は何ものにも換え難かった。とりあえず、今夜の居場所は確保できた。これで家族ともども凍死せずに明日まで生き延びられる。その先はけれども何もわからない。

パイプ椅子の背と座面で背と腰が痛くなり、三十分毎に姿勢を変える。生協でもらった手袋、薄布のベッドパットに慰められていた。見知らぬ者がいるし、桁外れの余震が繰り返し襲って、とうてい入眠できる実情ではなかった。

それでも、登山経験から睡眠不足は命取りになると熟知しており、できるだけ体力の消耗を防ぐため、ほとんど眠れないまでも選択的に静養に務めていた。

見かねた市民センターの職員と思《おぼ》しき女性が、夜遅く帰宅するときに至って、職員用の毛布を一枚と懐中電灯を貸してくれた。

毛布一枚の温かな安堵というものは、命を巡る善意の現れだろう。冷たい床にブルーシートが敷かれた翌日以降も、その毛布一枚が避難生活の基礎となった。

仙台港一帯に発生した火災は、大津波で浸水して消防車が入れないため、自然鎮火に任せるしかなかった。そのまま長らく避難場所に変貌した調理室の窓からは、薄明を迎えるたびに黒色や鼠色の煤煙が広がるのを眺め続けなければならなかった。

翌朝、医療資格を持つ家族は社会活動に献身し、ふたたび避難所に戻れたのは本震から数えて第四夜だった。その後も日中は避難所から休まず社会活動に出かけた。実弟と連絡が取れたのは、同じく第五夜のことである。義妹の陸前高田の実家が、大津波に呑まれて全流失し、その親族の幾人かが行方不明だと知らされた。

第一夜には私と家族のほか若干名だった調理室の避難者が、翌朝から続々と増えて、第二夜には足の踏み場もない混雑に至った。ブルーシートが敷かれたにもかかわらず、もはや足を伸ばして眠る生活はできなかった。

大津波に呑まれながら助かった避難者の多くが興奮状態のままである。調理台の間に挟まれた夜陰の中で、懐中電灯の光が床の毛布に這《は》うような遅くまで、多くの体験談が語られるのを聞かされた。忍びなくて聞いていられない体験談もあった。

●生活の喪失

よく考えてみれば、婦人たちの体験談を聞かされたのは、家族が不在の日中が主だった。やっと大津波警報、注意報が解除されたときは、コンビニもスーパーもいっさい閉ざされ、避難場所に滞在し続けなければ飲食料がまったく入手できなかった。稀《まれ》に売れ残りの店頭販売などがあると、人々が群がって長蛇の列を作る実情になっていた。その様子は写真や映像でしか見たことのない哀れさで、ともに混じって並ぶことすら迷った。

「そんな答えが聞きたいんじゃない」

寒空の下、店長など責任者と思われる人物が、宮城生協高砂駅前店の閉ざされた出入口の外に立って携帯電話に怒鳴っていた。『東日本大震災のため、しばらく休業させていただきます』の張り紙か。ここに来て見てくれよ。いますぐ店を開けなきゃならないんだ！」

仙台港と七北田川に挟まれた旧来の河口部沿岸住宅街から逃げた人々のほとんどが、肉親や友人や知人を失い、車も家も店舗も工場も流され、文字通りの「九死に一生」を得て避難所にたどり着いていた。水没しながら助かったが、肉親が流されたと知り、もはや帰る家も住む家も持たなかった。

大津波は沿岸から六キロメートル内陸に及んだ。七北田川を遡ったのは八キロメートル超。長方形に沿岸から三キロメートル内陸へ入り込む仙台港の両岸は壊滅。より遠く押し寄せて一帯を水底に収めた。逃げ切れなかった自動車の残骸が、凄惨な遺体ごと多数散乱していた。凄まじい引き波に巻き込まれた人や車が、より多数ではないかとの見方も退け難い。

やはり多賀城市側の惨状も凄まじく、大小の自動車の残骸が繁華街のコンビニの駐車場に、放射状の帯を描いて打ち寄せられ、無残な三段重ねの山を並べていた。その中にはそれぞれ遺体が乗っていたのである。

避難所の生活は眠るのに足を伸ばせず、海の汚泥が靴底に運ばれ、消耗と不潔から風邪が蔓延《まんえん》、それでも食事の配給や物資の運搬や避難者の把握に追われ、余震と余震の合間も揺れ続け、原発事故からの放射能雨のリスクに晒《さら》され、手も洗えず、汲み取り式トイレで若い女子が倒れ、喧騒が著しく、悲惨な体験談があふれ……止むを得ず居るのだった。

このまま居たら死ぬぞと思うほど疲労困憊《こんぱい》が深くなった。

九日目にライフライン壊滅の半壊自宅マンションに戻ったのは、札幌の医療チームから深刻な警告を受けたからだ。餓死なら数日かかると考え、潮と泥が匂い、信号機も瞑《めい》する産業道路を渡り返して、真っ暗で冷たく孤立した夜々を送った。嫌でも余震のたびに跳《は》ね起きる。海岸から五キロメートル、仙台港の最奥から二キロメートル。夜ごと津波浸水域で眠るからだ。

避難所以来の風邪と警告の病状で朦朧《もうろう》とし、長蛇の列に並んで買出しして露命をつないだ。冷えた身体に温かな救いだった炊き出しも七日で終わった。ストレス解消となる陸上自衛隊の給湯車両による洗髪支援は一度だけ受けられた。

浸水から回復した指定避難所・高砂中学校経由の配給が三月いっぱいで打ち切りとなった。産業道路沿いに建ち並ぶファミリーレストランなどの外食産業も、扉を開く気配すら見せなかった。鉈《なた》を持った盗奪者がうろついているともっぱらの噂が立った。そうした情報は生き延びるために必要だった。やっと通電して膨大なニュース映像を見ても、何が起きているのか全然わからなかった。通水したときは、これで津波浸水域外の事業所からのもらい水や、高砂中学校の仮設トイレへ行かずに済むと安息した。

そんな自宅避難生活を主体的に変えたのは、横浜の知己から送られたカセット・ガスコンロである。四月に入って調理ができるようになったのだ。長蛇の列に並んで買出しする生活が続いても、それにより何を食べるか裁量できるようになった。もともと野菜中心の食事なので、少火力でできる野菜炒めが主であっても幸せだった。

さらに高松の知己からレトルトの讃岐うどんがまとまって送られてくると、もはや餓死が思い浮かんだ危機からは逃れられた。都市ガスが復旧しないので入浴できないが、少量のお湯ならカセット・ガスコンロで沸かすことができる。そんな復旧の安らぎを打ち砕いたのが、四月七日の寝込みを襲った震度六強の熾烈《しれつ》な直下型余震であった。

●津波浸水域外の景観

震災後初めて家族が入浴したのは四月七日のことだった。さらに二日前、仙台市観光課による入浴支援があった。陸上自衛隊による入浴支援だと思い、幌のかかった輸送用トラックでの移動も思い浮かんだのだが、指定のバス停にマイクロバスが二台着いて、思いのほか穏やかな感じだった。行き先が仙台の奥座敷・秋保《あきう》温泉だと知らされたときは、マイクロバスの座席から拍手が起こった。

そのとき震災後初めて、仙台市宮城野区沿岸部を後にした。分厚く堆積《たいせき》した海の汚泥が薄黄土色に固く乾燥して一帯を覆い尽くした津波浸水域。表層から舞い立つ粉塵が沿岸部に立ち込めていた。初めて、生活域から離れながら大津波に被災した近隣の沿岸部の惨状を確かめた。貴重な燃料を減らさないため、ほとんど愛車を動かしていなかった。

ところが、津波浸水域から津波浸水域外へと車窓に移り変わる街々の景色に見入っているうち、荒涼として殺伐とした被災地の情景が消え去り、うららかな陽を浴びながら穏やか時を刻む内陸部の空気感が鮮烈に伝わってきた。大震災などなかったかのような、そして大津波が襲ったことなど真摯には知り得ないだろう、私たちが求めても得られない貴重な「日常生活」の時が、そこには確固としてあることに衝撃を覚えた。太平洋沿岸から奥羽山脈に至るまでの広大な東西幅を擁《よう》する仙台市であるが、その沿岸部と内陸部ではこうも違うのか。そのとき初めて光の世界へ抜け出したような気分だった。

給油を求める長蛇の車列など、内陸部のガソリン・スタンドには見当たらない。着の身着のままの女性などいない。化粧をしてスカートの装いではないか。寸断された幹線道路は、内陸の市内中心部や奥羽山中の秋保温泉まで、すでにつながっているではないか。いずれ沿岸部もこうなる。もう愛車の燃料を使っても大丈夫。外食産業が扉を閉ざしているのは、薄黄土色の粉塵が舞う沿岸部だけではないか――。

たどり着いた秋保温泉も大震災の被害は免れておらず、やはり復旧作業中ではあったものの、津波浸水域から比べれば凄惨な空気感とは違う穏やかな安堵を誘う空気感に満ちていた。到着後一時間という時間との戦いの震災後初入浴となったのだが、それでも生き返ったような気持ちだった。

それから二日後の四月七日、家族をともなって再び秋保温泉を訪ねた。まだ復旧途上で日帰り入浴のみであったが、ことごとく壊滅したままの沿岸部の入浴施設が当てにならない状況下で、震災後の家族の初入浴のためにできるのは、マイクロバスでたどった道順を愛車で再びなぞることだった。

二時間ほど温泉ホテルで入浴し、震災後初めての外食も遂げ、おまけに愛車の給油まで果たした。草木の萌《も》え初《そ》めて渓谷の轟く山間の空気が、生死を分ける緊張に疲れ切った心身を快く癒してくれた。

●4・7直下型余震

心地よい疲労と安堵感に包まれて就寝した四月七日の深夜、そばの東部道路の応急補修箇所から二十四時間響き渡る金属性の騒音が激しくて、自分のベッドのある書斎兼寝室から居間に逃れて入眠した私は、熾烈な大震動に襲われて安眠を破り去られた。

床の布団のうえで懸命に衣服を手探りしながら、暗闇の中で失っていた見当識《けんとうしき》を取り戻そうと必死だった。途方もない超地震に襲われているのはわかったが、充分な覚醒《かくせい》状態ではなかった。懐中電灯を握った家族の叫び。もう片付け終わったはずの家財が、本震直後と同じく激しく散乱している。本震で起きなかったテレビや引き戸の転倒にも見舞われていた。それにすら気づかないまま、私たちは自宅マンションを飛び出し、昼間に秋保温泉で燃料満タンにした愛車を急発進させたのだった。

「ほら早く。津波が来るから早く逃げるよ。早く、早く！」

とっさに大津波の凄惨な被害があった仙台港と多賀城方面とは真逆に、七北田川を高砂大橋で南に渡り、最初の交差点を内陸である西側へと右折して疾走し、発進から三分で津波浸水域外へ達した。カーラジオは今度こそ「この世の終わり」が来ると知らせていた。

「津波からの脱出は時間との勝負です。まだ津波浸水域に残っている方々は、一刻も早く高台へ避難してください！」

そのとおり内陸へ内陸へと見当を付けて愛車で疾走し続けた。途中は信号機が点灯している地域と消灯している地域が入り乱れていた。噴きあがる水が路面に流れている場所やら、窓から夜空に大きく炎を噴きあげるマンション火災の現場やらを、ひたすら避けながら駆け抜けていった。

「地震学者の後付けコメントか」

「後からなら何とでも言えるじゃないか」

それが私と家族のやり取りだった。もう誰も信用していなかった。たどり着いた先の中心市街も近い桜の名所・榴《つつじ》ヶ岡公園の周縁の避難車列の中でカーラジオの情報に聴き入った。

津波の高さ一メートル、やがて津波注意報の解除。そんな情報も、もはや信用できなかった。避難車列が一台消え、二台消えする中、最後の最後まで粘って、ようやく榴ヶ岡公園のトイレを望む周縁を離れたのは、直下型余震発生の四月七日午後十一時半頃から数えると約二時間半後で、ちょうど四月八日の午前二時を迎えたときだった。

信号機の点灯と消灯の地域が混在する中をたどって、ふたたび七北田川を高砂大橋で渡り返すと、自宅マンションの周辺は街灯も信号機も点ったままだった。それだけが唯一の安堵だろう。

自宅に戻って愕然とした。大地が揺れ続ける中、幾度も避難所から通って、自宅避難後にも幾日もかかって片付けた室内がめちゃくちゃだった。

避難所から通ったとき、当初は余震が襲うたびに逃げ、十分と留まれない状態だった。揺れるたび、「お母さん、早く、早く！」など、廊下に逃れ出た他家の娘の叫び声が響いたりした。それが踏ん張って一時間、そのうち三時間と滞在が延びてきた。そして、自宅避難後二十日が経ち、震災後初めて家族が入浴に至った当夜、震度六強の直下型余震に見舞われた。

自宅避難後二十一日目に渡り、榴ヶ岡公園から帰って眼に飛び込んだのは、本震直後よりもっと惨憺《さんたん》たる家財の散乱である。横浜の知己から送られて、ガス台の上部に据えたカセット・ガスコンロは、最悪の事態も恐れたところ無傷で生き残っていた。転倒したテレビも立てて点けると壊れていなかった。前年六月に新調に踏み切ったエアコンも無事だった。

それでも本棚や戸棚や仏壇や神棚がめちゃくちゃだった。父の位牌は金粉が薄れ、恵比寿天と大黒天の像は粉々に砕かれた。私の書斎兼寝室も居間も仏間も家族の部屋も、洗面所も浴室もトイレも押し並《な》べて本震より深刻な被害を蒙《こうむ》った。あたかも、鬼が賽《さい》の河原で親より先に死んだ子の積む石を蹴り崩すかのようだった。

気持ちが萎《な》えるどころか、生命反応なのか沸々《ふつふつ》と怒りが込みあげてきて、私と家族は黙々と後片付けにいそしんだ。ときどき私のつぶやきが微《かす》かに漏れた。

「覚えていろ」

私が心理テストを受けると毎度「不安定、積極、攻撃型」と出るのが常なので、震災後は息を潜めていた攻撃性あふれる生来の気性が蘇っていた。

後片付けは朝方までかかっても終わらず、切りのよいところで二、三時間ほど眠ったのだが、目覚めてからカーテンを開けると、驚くことに陰の壁が×印に断裂して、外の光と風が内へと通っていた。

マンション自体の損傷はそれだけに留まらず、強度を支える基礎構造を除いた全域に及んだ。3・11本震での戸別被害は半壊に留まっていたものを、4・7直下型余震にともなって全壊化したのである。四月八日の天気予報はほどなく雨と告げていた。

マンション管理委託会社と連絡を取って、緊急診断を受け、崩落はしないとの言質《げんち》を取った。メキシカン・カラーのレジャーシートと布テープを費やし、バルコニー側の外壁の盛りあがった断裂を創意工夫して塞ぐ作業にいそしんだ。

大蔵官僚を辞めてから作家活動に入るまで九年間も苦節があるため、そんな現場作業の経験もなくはない。出来栄えを見て、

「……ビバ・メヒコ」

私は満足を覚えて微笑んだ。家族の評判もよく、住み心地は上々吉である。

東部道路の異常騒音について、東日本高速道路株式会社（旧道路公団）に訴え、すみやかな抜本的対策に至った。マンション管理組合理事会の傍聴に出向き、組合収支に見合った対策の模索を求めるとともに、余震が続く間は大規模補修工事を見合わせるよう意見した。マンション管理委託会社による外壁断裂箇所の仮補修が行なわれたのは、それから間もなくで

ある。

マンション全戸が保険会社の半壊認定と、仙台市の全壊認定を受けたのは、水ぬるむ春から風薫《かお》る初夏だった。

●『方丈記』の慰藉《いしゃ》

やや遡って、四月初頭。

郵送された『方丈記』は、てのひらサイズの文庫の古本だった。

手配したのは横浜の知己であるが、熊本県上益城郡益城町馬水から送られてきた。知己の出身地が熊本県なので不思議な感じがした。そうとう不思議な感じがしたと見え、なぜか「ゆうメール」の小さな茶封筒を捨てず、いまでも座右の書籍の積まれた上に載せたままである。

やや汚れのある『方丈記』のてのひらサイズが活きて、幾度か秋保温泉へ携行した。全国よりの応援隊の活躍により、内陸部から復旧の進んだ都市ガスも、いっこうに沿岸部に及ばず、近隣の大衆浴場は大津波が及んで蘇《よみがえ》る見込みすらなかった。仙台市沿岸部から中心市街地を通らず、車で片道五十分の秋保温泉は、入浴が確かにできるうえ、心のための転地療養のような趣《おもむき》があった。津波浸水域の地名は、都市ガス復旧の予定にすら挙がらなかった。

潮と海の汚泥の刺激的な匂いから離れ、山稜と渓谷の澄んだ空気に包まれて、八百余年前の古典名文に触れることは、心のより深いところに安堵感をもたらした。冒頭「ゆく河の流れは～」に唸りながら、こんな古典名文を読む仕事と巡り合ったことも、どこか因果の香りがすると思わざるを得なかった。それは、4・7直下型余震があって後、秋保の澄んだ空気と温泉とともに、少しずつ心身に染み渡ってきたようだ。

それ以降は、避難所にいたときのように、外出できる衣服で眠り、リュックを持つだけにした。熾烈な揺れが襲えば五分で愛車に乗り込み、急発進して三分で津波浸水域外へ走り抜けられる。

●余震の恐怖

震災後初めて家族が入浴した四月七日に熾烈な余震に遭《あ》って全壊化した自宅マンションには、全国よりの応援隊が解散した後の四月二十一日に都市ガスが復旧した。テレビニュースで解散式の模様が報じられたときは、ただ唖然とするしかなかった。アナウンサーが復旧はほぼ終了したと告げていた。津波浸水域は取り残されたらしく、早い復旧を諦めた。そんなとき仙台市ガス局の職員が申し訳なさそうにやって来た。ガス給湯器も壊れていなかった。

「ガス来ましたね」

「今夜から入浴できますね」

マンションのエレベーターに同乗した制服の女子会社員が話しかけるのに答えると、
「そうですね。これでやっとお風呂に入れますね」
そう満面の笑みで返された。

しかし、余震が収束しないと次の展望も拓けない。半年経っても、マンションの大規模補修工事に着手できないのだ。余震はやっと収束したかと思うと、まるで嘲笑《あざわら》うかのようにまた繰り返し揺さぶってくる。それが弱い揺れでも逃げる姿勢は欠かせない。いつ強くなるともしれないからだ。

強くならないと高をくくったら落命する状況に陥りかねない。

仙台港一帯の商業施設は、ショッピング・モールやアミューズメント・パークなど、多くが廃業や長期休業に追い込まれ、少なからぬ店舗が半年後も扉を閉ざしたままだ。いまも残るがれきを見ると足が震えると、仙台港の北側の七ヶ浜町を訪れた知人の女性が言った。

これでは津波浸水域外への移住を真剣に考えなければならないだろう。

●反復再生産社会

東日本大震災後、宮城県漁業協同組合は「細く長く子々孫々まで暮らしていける漁業」を総意とし、民間復興資金の流入を強く拒《こば》む姿勢にある。「民間企業は儲からなければ引きあげるではないか。われわれと考えが違う」と。そのようなゲマインシャフト（共同体＝共同社会）倫理を拡大すれば、「日本国土」や「地球全土」にも該当する至言なのではなかろうか。

つまり「細く長く子々孫々まで暮らしていける日本国土、なおかつ地球全土」とならないか。「子々孫々まで暮らしていける」という条件は、自己保存と並び立つ子孫繁栄の本能に立脚している。自己保存のための地球資源の貪《むさぼ》りを抑えて、次世代以降につないでゆく、すなわち「細く長く」となるのである。

これを熟慮もなく否定する者はあまりにも破滅的である。業績を拡大し、株主配当を捻出し、国際競争力を獲得するため、当面の利益を追求せざるを得ない会社組織。熟慮してみれば、我が国の家族制度を壊し、国民的アイデンティティーを見失わせ、地球環境を狂わせてきたのは、ゲゼルシャフト（利益社会）倫理ではないか。核家族の再崩壊化、伝統的祭祀の衰退化、地球気候の激変化を誘《いざな》って。

資本主義であると社会主義であるとを問わず、二十世紀以降の組織的な利益追求による地球規模での蓄熱化が、全生態系を崩壊させかねないほどの気候激変をもたらしていることは、いまや多くの学者が唱えているところである。その原因が二酸化炭素やメタンガスにあるかないかは問わず、地球規模での蓄熱化が進んでいることは、もはや否定しようがない。それを超長期的な気候変動に過ぎないと位置づけると、それが誤説だったと判明する時点で、深刻な手遅れの状態に立ち至っているだろう。

逆アウフヘーベンされねばならない。自分の死後も「細く長く子々孫々まで暮らしていける地球環境」を保全するためである。今度はゲマインシャフトを逆にアンチテーゼとすれば、その先に見えるのは環境復旧型の自我抑制的「反復再生産」でしかない。これはもちろん環境破壊型の自我扇動的「拡大再生産」の全面否定をともなってくるものだが、いまやらなければ恐らく遅きに失するだろう。

こうなると単なる生産様式の転換などでは済まず、人類の生き残りをかけた文明様式の大転換に遭遇するだろう。それができなければ、この大転換は悲劇的な様相を呈しながら、末期的・局地的に見られるに過ぎない。人類滅亡のささやかな代償として……。

人は考えたくないことは考えない。その排除的な思考法に従って「ここまで津波は来ない」と考える。さらに違わず、その排除的な思考法に従って「人類は滅亡しない」と考えるのである。それゆえ違わず、この不可避的・排除的な思考法から人類滅亡が起きるときは、必然的に「想定外」である恐れが色濃いと予想できる。

それゆえ「人類は想定外に滅亡する」という予見の的中確率は非常に高くなる。

十年後・百年後の世界を取り扱うのは、企業家や政治家の仕事なのだろうが、一千年前の世界へ遡り、一千年後の世界へ思いを馳せるのが、科学者ばかりか、手法の異なる「認識の徒」――作家や思想家の仕事だろう。科学者は実証を、作家はイメージを、思想家は概念を道具として、おのおのの仕事をするのである。だからこそ私は、不可避的・排除的な思考法を超えて、新世界文明のあるべき姿に思いを致すのである。

自然の生態系を尊び、小規模光風水力発電を重んじ、老人介護力を持つ共同体組織を基礎単位とし、子々孫々の世を見る眼を育て、質実な生活を善として、いかなる資源も貪らず、多くを養える糧《かて》に「非・拡大再生産」で反復的に与《あずか》り、静穏な死を保つ新文明の揺籃《ようらん》になるのだ。東日本大震災の大津波被災地の復興共同体が、新世界文明の核となってゆくのがもっとも望ましい。

●よのつねならず

『方丈記』訳

また、同じ頃だろうか。途方もなく熾烈な大地震が起こった。その様子は、この世においての尋常ではない。山稜は崩れて、河を埋め立て、海水は傾倒して、陸地へ流れ込んでしまった。地割れが起きて、水が湧き出し、岩壁が割れて、渓谷へ転げ落ちる。渚を漕ぐ船舶は高波に翻弄《ほんろう》され、道を行く馬は足の立ちどころにすら困惑した。平安京の周縁においては、近郷近在ことごとく、寺院の堂や塔や廟《びょう》が一つとして無傷でなく、崩落したり倒壊したりした。塵灰が立ちのぼって、充満する煙のようであった。大地の震動や、家屋の壊れる音は、雷鳴と少しも違ってはいない。家の中にいれば、あっという間に潰れかかった。走り出れば、大地が割れ裂ける。翼がないので、空を飛ぶこともできない。もし竜ならば、雲にも乗るだろう。恐ろしさの中でも恐ろしさの最たるものは、ひたすら地震にほかならないと痛感させられたものであった。

＊　＊　＊

その中に、ある武者のひとり子の、六つ七つばかりに侍りしが、築地《ついひぢ》のおほひの下に、小家をつくりて、はかなげなる跡なし事をして、遊び侍りしが、俄《には》かにくづれ、うめられて、跡かたなく、平《ひら》にうちひさがれて、二つの目など一寸ばかりづつうち出だされたるを、父母《ぶも》かかへて、声を惜しまず悲しみあひて侍りしこそ、あはれに、かなしく見侍りしか。子のかなしみには、たけきものも恥を忘れけりと覚えて、いとほしく、ことわりかなとぞ見侍りし。

なぜ出生がめでたいなどと無思慮に言えるだろうか。

生れて来なければ死なずに済むではないか。出会わなければ離別せずに済むのではないか。その子を憎まずに済み、望みどおりでなくとも失意しない。もし数年後の地球上がもはや人の生きられる環境ではないと確実に知り得るならば、それ以降に子をこの世に出生させる親とは、どのような思いで育てるのだろうか。

東日本大震災で子を亡くした親たちや、親を亡くした子どもたちは、どのような思いで人生を渡ってゆくのだろうか。子や親の傷ついた遺体を見るのは途方もなく痛ましいことだ。それればかりか遺体すら見つからない喪失感は、とても諦められないからこそ胸が潰れるように辛いだろう。大津波では子や親を失っていない私ですら、死者ばかりか行方不明者の数がだんだん増えてくると、どうにもひどくいたたまれなくなった。

三陸沿岸の被災者の中に、阿部や安倍の姓が数多く見られるが、少なからず奥州安倍氏の流れを汲む人々であるとする見方がある。父が安倍則任の直系だとすれば、古《いにしえ》の同胞《はらから》である。八百余年前の平安京と行き来できる私にとって、九百五十余年前の同胞が忘れられるはずもない。

そこで大津波で沖へさらわれた人々は、みながみな竜宮城に保護され、しばらくは夢のようにもてなされ、それから極楽浄土へ昇ってゆくのだと思うことにした。少なくともそうであるよう常に祈っている。このような不条理な人生の苦しみが、宗教的なものの見方の源泉の一つであるのかもしれない。

釈尊は、子を亡くして気も狂わんばかりの若い女が、仏陀の力によって生き返らせてくれと、死んだ子の亡骸《なきがら》を抱いて執拗にせがむと、

「一度も死人を出したことのない家を訪ねて、その家の芥子《けし》をもらって来たなら、死んだ子を生き返らせてあげよう」と答えたそうである。

若い女は町中の家々を歩き回り、やがて一度も死人を出したことのない家が一軒もないと悟った。それで、ようやく落ち着きを取り戻したと伝えられる。

仏教は「知恵の宗教」とも呼ばれるが、このときの釈尊の計らいこそ、象徴であるかもしれない。子を失って気も狂わんばかりの若い女に、「人は生れたら死ぬ」と説いても無益だろう。だから「一度も死人を出したことのない家の芥子を」と説いた。

このような仕方は「対機説法」と呼ばれ、我が国では「人を見て法を説け」の諺《ことわざ》に転じた。

この節の『方丈記』訳は省こうと思ったが、八百余年前の武者夫妻の悲しみと、現代の人々のなおも続く深い悲しみをつなぐため、あえて次に続けて訳そうと思う。


その中に、ある武者のひとり子がいて、六・七歳ばかりであったが、築地塀の庇《ひさし》の下に戯れの小屋を作り、たわいもない事をして遊んでいたのであるが、突如として築地塀

が地震で崩れ去り、瓦礫の下に埋められて、跡かたもなく平らに打ちひしがれて、双眼などちょっとばかり外に出てしまった亡骸を、父母が抱えて、声を抑えもせず悲しみ合っている光景を、あまりにも哀れで悲しく見たものであった。子を失った悲しみには、猛猛しい武者であっても、恥も外聞も忘れるもののように感じられて、いたたまれず、子を思う親の気持ちの条理なのだろうと映ったものであった。

＊　　＊　　＊

長明の記述は続く——

こうも恐ろしく震動することは、ほどなく止んだのであるが、その名残はやや長きに渡って絶えない。世のつねでは、驚くほどのひどい地震が、二三十度起きない日はない。十日・二十日と過ぎ去り、しだいに頻度がさがって、四五度・二三度となり、やがて一日を挟み、二三日に一度などと、おおむね、その名残りが三ヶ月ほどもあったろう。

『方丈記』訳

長明の書き遺《のこ》した八百余年前の大地震の本震が去ったあとも、なお続く余震の有様が体感として伝わってくるようだ。

我が国の大地震の歴史を繙《ひもと》いてみると、数々の大災害の繰り返しである。記録の残る一八五四年以降、マグニチュード七〜八台を列挙すると、東南海沖、美濃・尾張、関東南部、三陸沖、福井平野、十勝沖、房総沖、阪神淡路、新潟中越など。うち津波、大津波がともなわないのは、美濃・尾張、福井平野、阪神淡路の三震域となるが、震源が近距離の直下型であるため、震動の強度を表す震度は高くなり、建物の全壊・焼失が著《いちじる》しい。ただし、今後の大地震において、津波災害がない保証ではない。東日本大震災の大津波は、河口から八キロメートルも七北田川を遡った。我が国で大地震に遭えば、無条件に津波、大津波が襲ってくると考えるべきだ。

一八五四年以降、最も頻度が高いのは東南海沖であり、一八五四年に二度、一九四四年、一九四六年と群を抜く。他の地域は一度、稀に二度である。しかも、東南海沖地震のときは、大津波が必ず襲う。長明の書き遺した大地震は、この東南海周辺が震域ではあるまいか。

死者・行方不明者の数は、人口密度の高い関東南部で際立つ。一九二三年の関東大震災である。相模湾西部沿岸・地底二十八キロメートルを震源とし、関東全域ばかりか静岡・山梨へも被害が及んだ。死者九万一三四四、行方不明者一万三二七五。全壊・全焼五七万五三九四、半壊一二万六二三二。罹災《りさい》者総数三四〇万四八九八。これを超える大災害の記録はない。

東日本大震災では史上最大級のマグニチュード九を記録している。地震のエネルギー自体を表すマグニチュード。各地の揺れ具合を表す震度。震源が近ければ震度は高くなりやすい。関東大震災はマグニチュード七・九。一九三三年の三陸沖地震がマグニチュード八・五で、専門家の計算では、広島型原子爆弾の約一万個分に相当するという。

それを補う『理科年表一九六五年版』は、三陸の綾里《りょうり》湾の波高二十四メートルの大津波を記述する。二〇一一年から見ると、四十六年前の教材は、七十八年前の大津波の波高を明記していた。

付言すれば、神奈川・東京・千葉南部の被害が著しかった関東大震災においては、相模湾のほか房総の海底の隆起・沈降も二百〜四百メートルに及び、六〜十二メートルの大津波が各海岸に襲いかかった。

補足すれば、平均深四千メートルの太平洋を進む三陸沖地震津波級の速度は、専門家によれば秒速二百メートルにもなるという。

＊　＊　＊

さらに長明は言う——

仏説による四大種のうち、水・火・風はつねに害を与えるが、大地となると、異変を起こさない。昔、斉衡《さいこう》の頃だとか、大地震が起きて、東大寺の大仏の御首落ちなど、大変なことがあったが、それでも、今度の大地震には及ばないそうだ。当時、人はみな世の虚《むな》しさを語り、いささか心の濁りも薄らぐかに見えたが、月日が重なり、年を経て後は、言葉として語り伝える人すらいない。

長明の書き遺した八百余年前の東南海沖大地震の余震は、前節からおよそ三ヶ月ばかりで収まったとうかがえる。ところが東日本大震災の余震となると、半年経っても収まらないばかりか、震域が北海道、東北、関東、北陸、東海、中部に及ぶ。

そのほか、近畿、中国、四国、九州、沖縄と、日本列島の至るところで地震が頻発している。東日本大震災との相関性は実証され難いだろうが、だからと言って無関係であると断言もできない。地殻的な相関性は巡り巡れば地球規模で張り巡らされている。

しかも大震動の地震波は、地殻とマントルと核外層部と内核を通じて、全地球に伝播《でんぱ》する。インドネシア・スマトラ沖や中国・四川やクライストチャーチ（ニュージーランド）の大地震と、なぜ東日本大震災が無関係であると断言できるだろうか。実証できないことと、無関係であることはむろん違う。

それから、地球温暖化による気温上昇のもたらす、海洋と地殻への蓄熱の増加が、現代の大地震の起こり方にどんな変化をもたらすのか。もし研究成果があるなら、もっと社会一般に広く情報公開されるべきではないか。情報の公正こそ社会正義の根幹である。人の生き死にがかかわることならなおさらであろう。

海洋と地殻への蓄熱が、地球規模の地殻の相関性にどんな影響を与えるのか。蓄熱による海洋や地殻の膨張が、地震の起こり方や、揺れ方や、余震の誘発の仕方や、別個の地震の誘発の仕方に、どのような影響を与えるのか。それによって、これからの人々の地震と人生への備えが、大きく変わってくるだろう。

いずれ東南海沖大震災も超関東大震災も起こらずに済むと思う者は、いまや子供ですらいない。そうであるにもかかわらず、半年経《た》っても東日本大震災の復興どころか復旧すら稀だ。原発事故は収束するどころか、次から次に放射能汚染の影響が多方面へ広がってゆく。核とは「子々孫々まで暮らせなくなる地球環境」への案内人である。

そのうえ、経済の無限的拡大＝成長路線という虚妄に執着したまま、破綻への坂道を転げ落ちる日米欧の先進諸国。そんな後ろ姿の残像を追う中国などの新興諸国。

そもそも借金国家の破綻には、債務繰り延べ（リスケジュール）か、債務不履行（デフォルト）しかない。一九八〇年代、中南米諸国などが盛んに陥り、ニカラグアなどは国家の荒廃を迎えた。いまや日米欧の先進国も借金財政の破綻に直面しながら、中国といった新興諸国などからの投資によって、かろうじて凌いでいる状況に過ぎない。つまり、先進諸国、中国を代表とする新興諸国、中東産油国、その他の諸国からの、有象無象の投資・投機の資金に支えられて、これまで先進諸国のマネーマーケットが機能できたが、いまや中国やロシアやインドのほか、道義的責任を問えない国際的ヘッジファンドまで恃《たの》まなければ、もはややっていけない状況に立ち至った。

その先にあるのは世界経済の破綻、地球生態系の破壊、自己と子孫の生存環境の破断であろう。

人類規模での認識能力の劣化が生じているのではなかろうか。認識能力の衰退＝言語化能力の衰退であり、人という生物が滅亡する予兆なのではなかろうか。功利主義からプラグマティズムの思潮の形骸化による人類の自我扇動と大量消費化、それにより儲からないことに思考が働かなくなったのではなかろうか。自我抑制の思考では儲からないので侮蔑的に淘汰されている。

古代ペルシャの宗教・ゾロアスター教（拝火教）の開祖ツァラトゥストラが、綱渡り師が広場に張り渡された綱から落ちて死ぬのを看取《みと》った。頭上を越す身軽な軽業師のせいで落ちだ。

綱渡り師は「高人」と呼ばれ、ツァラトゥストラは「永劫《えいごう》回帰」の中で「超人」を求めるのた。この軽業師とは自我扇動の人で、この綱渡り師とは自我抑制の人である。

ニーチェは『ツァラトゥストラかく語りき』の中で軽業師を「最後の人間」と呼んでいる。

いずれ超関東大震災が起これば、大勢の人々が命を落とすだろう。そのとき国家財政は破綻しているので、生存者が生活再建の望みを財政出動に託すのは、もはや「ないものねだり」だろう。東京の中心街は、東京大空襲の焼け跡のように、黒焦げに空洞化した超高層ビル群が、煤煙の雨を降らせる慟哭《どうこく》の空の下に林立する墓石群に見えるだろう。

地水火風禍――大震動、大津波、大火災、大竜巻が、我が国の首都を空前の猛威に巻き込むからだ。母方の親族も墓所も二十三区内に現存するので、何も他人事ではないし、死後は母の故郷の東京湾の波になりたいが、生前の東京在住だけは誰に誘われても固く断っている。かつて四谷本塩町の旧大蔵省宿舎に住み、霞が関の旧大蔵省に通っているときから、ここは危険という強い感覚があって、その感覚は東日本大震災以降、打ち消し難く強まっている。

自己防衛しかないだろう。ほかに何があるか。これは政府中枢にいた元官僚の実感である。

それと「高人よ、私はあなたがたに超人を教える」とは唱えない。『ツァラトゥストラ』には、どうしたら超人になれるか具体的な記述がない。どうしたら仏陀になれるか明記されているない。

のが仏典である。その具体的な方法とは四聖諦《ししょうたい》と八正道《はっしょうどう》にほかならない。四聖諦——これは苦である。これは苦の集まりである。これは苦の滅びである。これは苦の滅びの道である。八正道——正見、正思、正語、正業、正命、正精進、正念、正定。それ以外はほかに何一つない。そういう道へ、後鳥羽院の信望も和歌所の寄人職も捨てて入った——鴨長明を見よ。

第四章　一切皆苦（内面の苦）

――他律心～世の中と心のあり方

すべて、世の中のありにくく、わが身と栖《すみか》との、はかなく、あだなるさま、また、かくのごとし。いはんや、所により、身のほどにしたがひつつ、心をなやます事は、あげてかぞふべからず。

『方丈記』訳

一切合財、世の中は生き難く、みずからの一身と住む家とのはかなく、これと言って意味もない有様は、ほんとうに地水火風禍に翻弄される落ち葉のようなものだ。ましてや、暮らす環境により、身分や甲斐性に添いながら、心を悩ませる事柄は、数えあげたら切りがない。

本章に入り、前々章、前章では地水火風禍という外面の災厄《さいやく》に向いていた意識が、著しく内面へと舵《かじ》を切っている。苦の生じるもとが、ほんとうは内面にあると知った者のみ立ち入りできる境地だろう。世の中と心のあり方が主題となっている。

確かに人生には地水火風禍のような苦が待ち伏せするものであるが、しかしそのような飛び抜けた災厄がなければ、人は何の心配事もなく平穏に暮らせるかと言えば、決してそうではないと悟る境地へ向かってゆく。苦の生じるほんとうのもとが、どこにあるのかも知らないまま、どうして苦の滅びの道が見出せるだろうか。

知らず、他律心になんぞ安らぎのあらん。

*　　*　　*

長明の言葉に耳を傾けよう――

『方丈記』訳

もし、おのれの身分がものの数ではなく、権勢のある者が住む家のそばにいる者は、非常に喜ばしい事があっても、心から楽しむことができない。歎き悲しみが極まっても、声をあげて泣いたりもしない。身の処し方は容易でなく、立ち居ふるまい一つに、恐れおののく様子は、譬《たと》えるならば、雀が鷹の巣に近づいたようなものである。もし、貧しい身の上で、富裕な家の隣で暮らす者は、朝夕、みすぼらしい姿を恥じて、家の出入りもへつらいながらする。妻子や召使の羨《うらや》ましそうな態度を見るにつけても、富裕な家の人のないがしろな態度を察するにつけても、疑心暗鬼がはびこって、いっときの心の安らぎすらもない。もし、狭い住宅密集地に住んでいると、近所で火災があったとき延焼から逃れられない。もし辺鄙《へんぴ》な土地で暮らせば、街との往来に難儀が多く、盗賊の災難に遭うのもはなはだしい。また、権勢のある者は深く貪欲であり、身寄りのない者は軽んじられる。財産があれば、失うのではないかと恐れが多く、貧しい身の上ならば、世の中やほかの人々を痛切に恨む。他人を頼りにすれば、みずからの身が、他人の支配下に入ってしまう。他人を慈しみ育てれば、みずからの心が、その誰かへの愛執《あいしゅう》に縛られて隷属する。世間に従えば、みずからの身が、主体性を失くして苦しいばかりだ。従わなければ、酔狂の徒として疎《うと》まれる。こんな憂き世の中で、いずれの土地に住まい、いかなる生き方をして、束の間だろうと、みずからの身をこの世に安らかに宿らせ、瞬く間だろうと、心を静めるべきであろうか。

第五章　無常と常住（自省）

――常ならざるものと常なるもの

わが身、父方の祖母《おほば》の家を伝へて、久しくかの所に住む。その後、縁かけて、身衰へ、しのぶかたぐ〳〵しげかりしかど、つひに、あととむる事を得ず。三十余り《みそぢ》にして、さらに、わが心と、一つの庵《いほり》を結ぶ。これをありしすまひにならぶるに、十分が一なり。ただ、居屋《ゐや》ばかりをかまへて、はかぐ〳〵しく屋《や》を造るに及ばず。わづかに、築地《ついひぢ》を築《つ》けりといへども、門《かど》を建つるたづきなし。竹を柱として、車を宿せり。雪降り、風吹くごとに、危ふからずしもあらず。所、河原近ければ、水の難も深く、白波のおそれもさわがし。

『方丈記』訳

私の身の上を話せば、父方の祖母の家を受け継いで、長い間その場所に住んできたものだ。その後は、つながりが損なわれ、一身上の勢いも衰え、そこに残る思い出は深いものだが、つまるところ、とうとう居残ることができなかった。三十歳を過ぎたあたりに、さらには、自分の意に沿わせて一軒の庵をしつらえるに及んだ。これをかつての居宅と比べれば、十分の一の規模でしかなかったのだ。ただ、母屋ばかりを構えて、取り巻く建屋を造るまで及ばない。わずかに築地塀を築いたものの、しかし門構えを建てるまでの資力はなかった。竹の柱を立てて、車を仮屋に置いてあった。雪が降り、風が吹くたびに、危なっかしかった。庵のある場所は、河原が近かったので、洪水の災難が降りかかる不安も深く、盗賊の被害が襲いかかる恐れもはつねにつきまとった。

*　　*　　*

「それは無常であるか、常住であるか」

釈尊の常套《じょうとう》の問いかけである。人は、常ならざるものを見るとき、常なるものを求め始めるのだ。

『方丈記』訳

長明は続ける――

何事につけても、住みづらい世の中を耐え忍びながら、心を悩ませ続けて三十年余り経った。その間、おりおりの節目において、つまずきから自然に、みずからのはかない運を悟った。そのため、五十歳の春を迎えると、娑婆を捨てて出家して、平安京に背を向けた。もとから妻子もなかったので、捨て難い縁というものがないのだった。身に帯びる官位も俸禄もない。何事に執着を留めようか。心を虚しくして大原山の雲を枕にし、それから、五度に渡る春秋の移り変わりを経てきたものだ。

＊　＊　＊

こゝに、六十《むそぢ》の露消えがたに及びて、さらに、末葉《すゑは》の宿りを結べる事あり。いはば、旅人の一夜の宿を造り、老いたる蚕《かひこ》の繭《まゆ》を営むがごとし。これを、中ごろの栖《すみか》に並ぶれば、また、百分が一に及ばず。とかく言ふほどに、齢《よはひ》は歳歳にたかく、栖はをりく＼に狭《せば》し。その家の有様、よのつねにも似ず。広さはわづかに方丈、高さは七尺がうちなり。所を思ひ定めざるがゆゑに、地を占めて、造らず。

土居《つちゐ》を組み、うちおほひを葺《ふ》きて、継目《つぎめ》ごとに、かけがねを掛けたり。もし、心にかなはぬ事あらば、やすく他へ移さんがためなり。その、改め造る事、いくばくの煩《わづら》ひかある。積むところ、わづかに二輌、車の力を報《むく》ふ外には、さらに、他の用途《ようとう》いらず。

『方丈記』訳

ここに、六十歳の露命の消えかかる晩節に及んで、なおかつ、散りかけの葉の宿るような住まいをしつらえた。たとえれば、旅人が一夜の宿を造り、年老いた蚕が繭を保つようなものである。これを中ごろの家と比べると、それがまた百分の一にも及ばない。とやかく言いつつ、年齢は年々に高くなり、住まいはそのときどきに狭くなった。この家の様子がまた、この世のものとはあまりに似つかない。広さはわずかに一丈（約三メートル）四方、高さは七尺（約二メートル余り）に満たない。特定の建地にこだわらないので、地面に直接は造らない。土台を組んで、簡素な屋根を葺いて、継ぎ目ごとに掛け金で留めてある。もし、意に添わないことがあれば、容易《たやす》く他所《よそ》へ移そうと考えるからだ。組み立てなおすことに、どれほどの煩わしさがあるだろうか。わずか二輌の車に積んで、その働きを労《ねぎら》うほかには、ことさら別途の支払いを必要としない。

京都へ旅すれば、下鴨神社のかたわらの河合神社の一角で、方丈の庵の複製が見られる。広さ約二・七三坪、畳なら約五畳半程度。土台状の石を敷き並べて、柱組みを載せている。案内看板によれば、式年遷宮される下鴨神社が、土居桁の上に築造されるのを参照し、移動式の方丈の庵が生み出されたらしい。

第六章　諸法無我（内省）

――我とは、常住であるか、無常であるか

長明は言う――

いま日野山の奥に隠遁して後、東に三尺（九十余センチメートル）余りの庇を差し出して、柴を折ってくべる拠《よ》り所とする。南に竹製のすのこ縁側を整え、その西に閼伽棚《あかだな》をしつらえ、北寄りに、衝立《ついたて》障子を隔てて、阿弥陀仏の絵像を安置し、そばに普賢菩薩の絵像を掛け、前に法華経を供えている。東の際《きわ》に蕨《わらび》の穂のほどけたものを敷いて、夜の寝床にする。西南に竹の吊り棚をしつらえて、黒い皮張り籠が三つ置いてある。そこには、和歌・管弦・往生要集のような書物の省略版が収めてある。かたわらに、琴・琵琶がそれぞれ一面ずつ立っている。いわゆる折り琴・継ぎ琵琶というものがこれになる。

『方丈記』訳

かりそめの草庵の様子は、このようなものである。

心の安らぎが伝わってくる。

常ならざるものを常ならざるものと見て、身一つを養う最低限を選び取った者の安堵だろう。さらには、この世の森羅万象のみならず、いかにも現存的な自我もまた、常ならざるものであると知り初《そ》めた者の息づかいを宿している。

身も心も常ならざるものだと悟った者は、稀有《けう》なる常なるものを求めて俗世をはるか遠く離れる。釈尊の寂滅の問いかけが深くから響いてくるようではないか。

「我とは、常住であるか、無常であるか」問われたならば、仏縁のある者は奥底から答えるだろう。「無常であります。常住への道をお授けください」と。

そして知ることになるのは、四聖諦《ししょうたい》と八正道《はっしょうどう》にほかならない。

四聖諦とは、苦諦と集諦と滅諦と道諦であるが、苦諦とは生老病死苦、愛別離苦、怨憎会《おんぞうえ》苦《く》、求不得苦《ぐふとくく》、五蘊盛苦《ごうんじょうく》、すなわち一切皆苦である。集諦とは未来世を生む渇愛、すなわち煩悩《ぼんのう》であり、あらゆる苦の根源となるものだ。これには、欲望愛と生存愛と死滅愛がある。滅諦とは渇愛が残りなく滅びて、煩悩が無くなった境地である。道諦とは八正道、すなわち正見、正思、正語、正業、正命、正精進、正念、正定である。

正見とは四聖諦への正しい知見、正思とは渇愛を離れて怒りのない正しい思い、正語とは誹謗《ひぼう》・中傷・讒言《ざんげん》や詭弁《きべん》・駄弁を離れて真実の正しい言葉、正業とは殺生と盗事と淫事を離れて正しい行為、正命とは仏道修法の支障を離れて正しい生活、正精進とは悪を抑え捨て善を生み育てて務《つと》め励む正しい努力、正念とは五感と心と身体と世界の成り立ちを知見して貪《どん》欲《よく》から生じる苦悩を滅ぼす正しい意志。正定とは貪欲と悪事を離れて正しい禅定である。

＊　＊　＊

長明の言葉に耳を傾けよう――

『方丈記』訳

その場所の様子を語れば、南にかけ樋《ひ》がある。岩を備えて水を溜め、林が軒に近いので火を炊く小枝を拾うのに事欠かない。外山《とやま》という場所名である。ツルマサキが通い路を埋める。谷は繁っているが、西は開けている。極楽浄土を観想して念仏する利便が、ないわけでもない。春は薄紫の波のような藤の花を見る。紫雲のようでもあって、西方浄土へ誘って咲き匂う。夏はほととぎすの鳴く声を聞く。語らうたび、死出の山路の道先案内を託す。秋はひぐらしの鳴き声が耳に満ちる。この世の移ろいやすさを悲しむかのように響く。冬は雪をしみじみとながめる。積もってのち消えてゆく様子は、遠い宿世から積もり積もった罪障が、釈尊の教えた修法によって滅び去るのにも譬《たと》えられよう。もし南無阿弥陀仏と唱えるのがものうく、読経にも身が入らないときは、みずから決めて休み、みずから定めて怠《おこた》る。妨《さまた》げる人もおらず、また、恥に思うべき人もいない。ことさらに、無言行をしなくとも、独りで居れば、妄語から生じる宿業を正すこともできるだろう。出家の禁戒を守ろうと必死にならなくとも、俗世の暮らしがないのだから、何事につけてか破戒したりなどしようか。もし漕ぎゆく船の跡に立つ白波のはかなさに、この身をなぞらえる朝には、岡の屋《や》あたりを行き交う船を眺めつつ、満誓沙弥《まんせいさみ》の風情に習って歌を詠み、もし桂を渡る風が葉ずれを奏でる夕には、客を送る白楽天が夜分の潯陽江《じんようこう》で琵琶の音を耳にした故事を思いやり、名手・桂大納言源経信《つねのぶ》に誘われて琵琶を弾奏する。もし余興があるなら、ときどき松風の音に添えて琴の秋風楽《しゅうふうらく》を奏で、谷の水音に添えて流泉の曲を演ずる。この芸は至らないものだが、他人の耳を喜ばそうとするのではなく、独り調べ奏でて、独り謡《うた》い詠じて、みずからの情緒を慰めようとするだけのことである。

小鳥の鳴き声に足を止めた。経文を唱えて声明行脚《しょうみょうあんぎゃ》していたとき、「念彼観音力《ねんぴかんのんりき》」と鳴いたからだ。振り返って耳を澄ませる。七北田川の土手の標識に止まった小鳥は、「念彼観音力」と鳴くばかりで、観音経の声明を進めると、合わせて繰り返す。

小鳥を拝した。修法が進めば、動植物の声が聞こえると、説かれるとおりだった。あるいは「無刹不現身《むせつふげんしん》（具現できないところはない）」の観自在（観音）菩薩の化身かとも思った。

これも偶然が幾重にも綾なして導かれた禅宗の宗務庁の僧侶に教導を受けたところ、

「同じことを道元禅師が著しています。ここを訪ねたのは運命だと思いませんか」と尋ねられ、

「そう確信しています」と答えた。

＊　＊　＊

さらに、長明の言葉に耳を傾けよう――

また、ふもとに一つの柴の庵がある。当地の山守が居る場所である。そこに、幼い男児がいる。ときどき来て、ともに見舞い合う。もし、退屈なときには、この男児を連れにして、いろいろに巡り歩いている。この男児は十歳、こちらは六十歳。その年齢差は

『方丈記』訳

ことのほかあるが、心を慰めることと言えば、まさしく同じである。ときに茅《ちがや》の花芽を抜き、苔桃《こけもも》を採り、むかごを掻き集め、芹を摘むのである。ときに山すその際の田んぼに降りて、落穂を拾って穂組みを作ったりもする。もし日差しがうららかならば、峰によじ登って、はるか故郷の平安京の空を望み、木幡《こはた》山や伏見の里や鳥羽や羽束師《はづかし》を遠く見やる。このような景勝地とは持ち主がないのも同然であるから、障《さわ》りなく心を慰められるものだ。歩みに煩《わずら》いがなく、心が遠くへ馳《は》せるときは、ここから峰伝いに炭山を越え、笠取を過ぎて、ときに石間《いわま》寺に詣でたり、ときに石山寺を拝んだりする。もしうららかな日差しならばまた、粟津の原を分けながら、蝉歌《せみうた》の翁の旧跡を訪ねたり、田上川を渡って、猿丸大夫の墓所を尋ねる。帰るときには、おりおりに従って、桜を狩り、紅葉を求め、蕨《わらび》を折り、木の実を拾って、それを仏に奉り、そして家への土産とする。もし夜が静かであれば、窓の月を見て故人を偲び、猿の声に袖を濡らす。草むらの蛍は、遠く槇島《まきしま》の篝火《かがりび》のようで、暁に降りしきる雨は、木の葉を吹き散らす嵐のようだ。ほろほろと鳴く山鳥の声を聞くにつけても、輪廻転生した父ではないか母ではないかと思い、峰の鹿が馴れて近づくにつけても、こうも世間から遠く離れたものかと知るのである。ときにはまた、埋み火を掻き起こして、老いて寝覚める際の友とする。恐ろしい山とは違い、しみじみと梟《ふくろう》の鳴き声を聞くときなど、山中に漂う気色というものは、季節のおりおりにつけて、情趣深く尽きることがない。そうだからこそ、より深く思い、より深く知るような人物ならば、より以上の情趣の深さを汲めるだろう。

＊　　＊　　＊

おほかた、この所に住みはじめし時は、あからさまと思ひしかども、今すでに、五年《いつとせ》を経たり。仮の庵も、やや故郷となりて、軒に朽葉《くちば》深く、土居《つちゐ》に苔むせり。おのづから、事の便りに都を聞けば、この山に籠り居て後、やんごとなき人の隠れ給へるも、あまた聞こゆ。まして、その数ならぬ類《たぐひ》、尽してこれを知るべからず。たびたびの炎上にほろびたる家、また、いくそばくぞ。ただ、仮の庵のみのどけくして、おそれなし。ほど狭しといへども、夜臥《ふ》す床《ゆか》あり。昼居る座あり。一身を宿すに、不足なし。寄居《がうな》は小さき貝を好む。これ、事知れるによりてなり。鶚《みさご》は荒磯に居る。すなはち、人を恐るるが故なり。われまた、かくのごとし。事を知り、世を知れゝば、願わず、走《わし》らず。ただ、静かなるを望みとし、愁《うれ》へ無きを楽しみとす。すべて、世の人の栖《すみか》を造るならひ、必ずしも、事の為にせず。或は妻子・眷属《けんぞく》の為に造り、或は親昵《しんぢつ》・朋友の為に造る。或は主君・師匠および財宝・牛馬の為にさへ、これを造る。われ今、身の為に結べり。人の為に造らず。故《ゆゑ》いかんとなれば、今の世の習ひ、この身の有様、ともなふべき人もなく、頼むべき奴《やつこ》もなし。たとひ、広く造れりとも、誰《たれ》を宿し、誰をかすゑん。

『方丈記』訳

漠然と、この場所に住み始めたときは、ほんのかりそめと思ったものだが、いますでに五年が経った。仮の庵も少しずつ故郷となり、軒に深く朽葉が溜まり、並べた土台の石が苔むした。おりおりに都の便りに触れれば、この山に隠遁した後、高貴な方が亡くなったとも数多く伝わる。まして、数のうちに入らないような者は、どれほど死んだかわからない。また、たびたびの火災で焼失した家もどれほどだろうか。ただ、仮の庵だけがのどかで何の恐れもない。狭いながらも夜の寝床はある。昼に座る場所がある。一身を宿すのに、不足はない。やどかりは小さな貝を好む。それは有事を知るからである。みさごは荒磯に棲む。それは人を恐れるからである。私もまたそのとおりだ。物事を知り、世間を知っていれば、不毛な望みを抱いたり、無益に慌てたりしない。ただ静寂なことを望み、憂愁のないことを楽しむ。すべて世間の人が家を造る機縁は、必ずしも安住のためではない。妻子や親族のために造り、親しき人や盟友のために造り、主君や師匠さらには財宝や牛馬のためにさえ造る。私は今、一身のためにしつらえ、他身のために造らない。そのわけはと言えば、この北条氏執権政治の世において、この身は連れ添う妻もおらず、頼りとする下僕もいない。たとえ広く造ったとしても、誰を宿らせて誰を留めようか。

＊　　＊　　＊

それ、人の友とあるものは、富めるを尊《たふと》み、懇《ねんごろ》なるを先《さき》とす。必ずしも、情あると、すなほなるとをば愛せず。ただ、糸竹《しちく》・花月を友とせんにはしかじ。人の奴《やつこ》たるものは、賞罰はなはだしく、恩顧あつきを先とす。さらに、はぐくみあはれむと、安く静かなるとをば願わず。ただ、わが身を奴婢《ぬび》とするにはしかず。いかが奴婢とするとならば、もし、なすべき事あれば、すなはち、おのが身を使ふ。たゆからずしもあらねど、人を従へ、人を顧《かへりみ》るよりやすし。もし、歩《あり》くべき事あれば、みづから歩む。苦しといへども、馬・鞍・牛・車と、心悩ますにはしかず。

今、一身を分ちて、二つの用となす。手の奴、足の乗物、よくわが心にかなへり。身、心の苦しみを知れれば、苦しむ時は休めつ、まめなれば、使ふ。使ふとても、たびく過ぐさず。ものうしとても、心を動かす事なし。いかにいはんや、常に歩き、常に働くは、養性なるべし。なんぞ、いたづらに休み居らん。人を悩ます、罪業なり。いかが、他の力を借るべき。衣食の類、また同じ。藤の衣、麻の衾《ふすま》、得るにしたがひて、肌をかくし、野辺のおはぎ、峰の木の実、僅《わづ》かに命をつぐばかりなり。人に交はらざれば、姿を恥づる悔いもなし。糧《かて》ともしければ、おろそかなる報《むくい》をあまくす。すべて、かやうの楽しみ、富める人に対して、いふにはあらず。ただ、わが身一つにとりて、昔と今とをなぞらふるばかりなり。

『方丈記』訳

そもそも、人の世の友というものは、裕福な者を尊び、愛想をふりまく者と親しむ。必ずしも、情の深い者や素直な気立ての者を愛するわけではない。かえって、管弦や風流を友と選ぶほうが優れるというものだ。人の世で下僕というものは、賞与の高が大きくて報酬の値が多いのを優先する。いたわって働かせてくれるとか、静穏な暮らしができるとかでは動かない。かえって、みずからの身を下男下女とするほうが優れるところである。どうするかと言えば、もし用事があれば、みずからの身を使う。疲れないわけではないが、誰かを雇い、誰かを気にかけるよりたやすい。もし出かけるときは、みずからの足で歩く。苦しいと言っても、馬や鞍や牛や車などに、気を悩ますより面倒がない。今、一身を分けて使い、二つの用途に当てている。手の下僕、足の乗物は、みずからの心に添って仕えてくれる。身は心の苦しみを知るため、苦しいおりは休ませながら、やる気のあるおりは使うとする。使うと言っても、そうたびたび度を過ごしたりしない。つらいときにも、心は動かさない。それにもまして、常に歩いて、常に働くのは、心身を養うところだ。どうして、怠けて休んでいようか。他人を悩ますのは、罪業にほかならない。いかなるように他人の力を借りるべきであるか。また衣食もそれと同じことなのだ。葛《くず》織りの粗末な衣や、麻布で作った夜具など、何でも手に入り次第で肌を隠し、野辺に生えるよめなや、山峰で拾える木の実などと、わずかに露命をつなぐばかりである。他人と交際しないので、みすぼらしい姿を恥じなければならない後悔もない。食料が乏しいので、かえって粗末なものでも美味として食べられる。このような楽しみについて、裕福な人へのあてこすりから、わざわざ述べるつもりなど毛頭ない。この身を省みて、昔と今の生活とを比較しているばかりなのだ。

＊　＊　＊

おほかた、世をのがれ、身を捨てしより、恨みもなく、恐れもなし。命は天運にまかせて、惜《おし》まず、いとはず。身は浮雲になずらへて、頼まず、まだしとせず。一期《いちご》の楽しみは、うたたねの枕の上にきはまり、生涯の望みは、をり〳〵の美景に残れり。

『方丈記』訳

概して、俗世を離れて隠遁生活に入ってから、恨みもなく恐れもない。命は天運に任せて、生きようとも死のうとも願わない。身は浮雲になぞらえて、充分とも不足とも定めない。一生の楽しみならば、うたた寝の枕のうえに極まり、生涯の望みだろうと、おりおりの美景に残るばかりである。

七北田川の岸辺で経文を唱えていると、魚が反応することに気づいた。人影か人声か経文か気配か、反応が何に起因するかわからなかったが、近づくと始まり、去ると止み、を幾歳月も繰り返す。下流域の水面を魚たちが飛び跳ねる。鯉たちが尾びれで波紋を描き続ける。それがみるみる一面に広がるのだった。

いつか、白銀の鯉が足もとを泳ぎ回る。それを女神だと感じた。ときに、それは赤紫の稲妻を持つ鮭であったり、駆け寄るかわうそであったり、重く跳ねあがる金茶の鯉であったりした。寸前を舞う鳶《とび》であったり、頬を掠《かす》め飛ぶ雉《きじ》であったり、ムラサキツユクサの朝露であったりもした。

水際まで降りて経文を唱えると、無数の小魚が足もとに放射状に泳ぎ寄り、それぞれ双目で見あげているのを認めた。胸が熱くなりながら怖さを感じた。水際を離れて、小高い土手から眺めながら遠くへ問いかける。遠く跳ねあがる魚たちの姿とだぶって、鮮やかな答えが浮かびあがった。「みんないつか仏陀になりたい」と。

「仏陀釈迦牟尼の仰せられるよう。あらゆる仏陀の御教えは唯一つ。あらゆる者が仏陀となるための教えなり。これサッダルマ・プンダリーカ（妙法蓮華）、サッダルマ・プンダリーカ・スートラ（妙法蓮華経）、ナマス・サッダルマ・プンダリーカ・スートラ（南無妙法蓮華経）」と唱えると、魚たちは波紋を水面いっぱい広げて歓喜乱舞に至った。

二十代で出家を願って果たせなかったが、野生の動植物に経文を伝えることが、仏命だと思い至った。それを仏縁として魚たちは、いつかみんな未来世に仏陀となるのだ。この『方丈記』の仕事を成し遂げれば、ふたたび仏命に立ち返って、野生の動植物と語り合うのみだ。

*　*　*

それ、三界は、ただ心一つなり。心、もし安からずば、象馬《ぞうめ》、七珍もよしなく、宮殿・楼閣も望みなし。今、さびしきすまひ、一間《ひとま》の庵、みづからこれを愛す。おのづから都に出でて、身の乞匄《こつがい》となれる事を恥づといへども、帰りてここに居る時は、他の俗塵に馳《は》する事をあはれむ。もし、人このいへる事を疑はば、魚と鳥《いを》との有様を見よ。魚は、水に飽かず。魚にあらざれば、その心を知らず。鳥は、林を願ふ。鳥にあらざれば、その心を知らず。閑居の気味《きび》も、また同じ。住まずして、誰かさとらん。

『方丈記』訳

そもそも欲界（淫欲・食欲を持つ者の世界）と、色界（前の二欲を離れた世界）と、無色界（物質を超えた世界）との三界は、唯一心によって生じるものだ。心が安らかでなければ、象や馬、数々の宝物も無意味であるし、宮殿や楼閣とても希望とならない。今、わびしい住まい、この一間の庵を自分から愛する。たまたま都に出でて、乞食同然の姿となったわが身を恥じるといえども、帰ってきてここに居るときは、人々が俗塵に駆け寄ることを憐れむ。もし誰かがいま言ったことを疑うならば、魚と鳥との様子を見るがよい。魚は水に棲んで飽きない。魚でなければ、その心をわからない。鳥は林に棲むことを願う。鳥でなければ、その心をわからない。この閑居の趣《おもむき》もまた同じことである。ここに住まずして、誰がよさをわかろうか。

第七章　寂滅涅槃（色即是空）
――その無数の太陽と銀河をも含めて、それこそが――無なのだ（ショーペンハウエル）

長明の言葉に耳を傾けよう――

『方丈記』訳

そろそろ、人生の月影が傾いて、余命の山の端に近い。もうすぐ三途の川闇へ向かうところだ。どんな所業を言い逃れようか。釈尊の教え給える仏法では、物事に触れて、執心してはならぬとされる。今、草庵を愛するのも、罪となろう。閑寂に落ち着くのも、障りだろう。これ以上いかように、無益な楽しみを述べて、惜しくも短い余生を過ごされようか。

そろそろ畢竟《ひっきょう》の領域に触れなければならない。

常住とは何か。悟りを得て覚醒者となることである。四聖諦のうち滅諦がこれだ。滅諦とは渇愛が残りなく滅びて、煩悩が無くなった境地である。貪欲の炎が掻き消えて、向こう岸へ渡る。すなわち寂滅《じゃくめつ》の涅槃《ねはん》へ入ることだ。悟って仏陀となることが、常住にほかならない。この世の森羅万象の無常を超え出でて、法（梵《ぼん》語のダルマDharmaの漢語訳で、究極の真理を表す）の身を得て、永遠に生まれず、変わらず、滅びない、常なるものとなるのである。

ドイツの哲学者ショーペンハウエルは、哲学者キルケゴールやニーチェ、文豪トルストイ、音楽家ワーグナーなど、数々の心酔者を生み出したが、その思想は古代インド思想と近代西欧哲学の統合であるとの見方がなされる。明治以降、西欧的思考に慣れ親しんだ多くの日本人には、むしろ寂滅涅槃の理解の手助けになるかもしれない。

主著『意志と表象としての世界』の末尾は次のように結ばれている。その「意志」とは「無意味、無目的な世界の本質」を表わす。

「意志の全面的な否定のあとに残るものは、なお意志によって満たされているすべての人間にとっては、たしかに無である。しかしまた逆に、すでに意志を否定し意志を転換しおえている人間にとっては、われわれのこのいかにも現実的な世界が、その無数の太陽と銀河をも含めて、それこそが――無なのだ」（ショーペンハウエル『意志と表象としての世界』／斎藤

信治訳）

色不異空《しきふいくう》、空不異色、色即是空、空即是色（般若心経）の西欧的説明としても、異彩を放っているのではないか。

*　　*　　*

静かなる暁《あかつき》、このことわりを思ひつづけて、みづから心に問ひて曰《いは》く、世をのがれて、山林にまじはるは、心を修めて、道を行はんとなり。しかるを、汝、姿は聖人にて、心は濁りに染《し》めり。栖《すみか》はすなはち、浄名居士《じやうみやうこじ》の跡をけがせりといへども、保つところは、僅かに周利槃特《しゆりはんどく》が行ひだに及ばず。もしこれ、貧賤の報のみづから悩ますか。はたまた、妄心《まうしん》のいたりて、狂せるか。その時、心さらに答ふる事なし。ただ、かたはらに舌根《ぜつこん》をやとひて、不請《ふしやう》の阿弥陀仏、両三遍申して、やみぬ。

『方丈記』訳

静寂な明け方、この仏説の教理を考え詰めて、みずから心に問いかけて言うところ、世を逃れて山林に交わるのは、心を修めて仏道を歩こうとするからだ。そうであるのにおまえは、姿は聖人でありながら、心は濁りに染まっている。住まいはまさしく、高徳の浄名居士の所業を真似て汚すものであるが、維持している内情となれば、わずかに凡愚の周利槃特の所業にも及ばない。もしやこれは貧賤の業の報いがみずからを悩ますのか。あるいはまた妄《みだ》りな迷いの心が極まって狂ったのか。そのとき、心がさらに答えることはなかった。ただ、かたわらに舌の働きをともなって、作法に従わない南無阿弥陀仏の声明を、二三度唱えて終わった。

――法然の念仏と無学の徒の念仏のどちらが優れているか。

専修念仏の祖・法然は、無学の徒の念仏と自分の念仏のどちらが優れているか、弟子に問う。弟子が、法然の念仏のほうが優れていると答えると、どちらの念仏もまったく変わりがない、と弟子を叱った。一切衆生《いっさいしゅじょう》救済の阿弥陀仏の本願を徹頭徹尾頼るのが、専修念仏の真髄であるからだ。そのため、ただすべてを阿弥陀仏の本願に委ねて、その名を唱える専修念仏には、無学の徒であると博識の僧侶であるとの差が、いっさいあり得ないわけである。

念仏の起源は、天台宗における不断念仏との見方がある。阿弥陀仏の姿を思い浮かべ、名を唱えながら、仏像の周囲を回り続ける常行三昧《じょうぎょうざんまい》という修法である。円仁が唐の五台山から伝えて、五会念仏と呼ばれる作法は、浄土教発祥の神秘的旋法《せんぽう》をともなっていた。

そんな即身成仏の密教色が濃い念仏は、真言陀羅尼《だらに》に代わる呪文として、世間に広がった。死霊追善の要素が濃く、自身の往生の要素は薄くて、念仏の効力は空也など大験者において格上と見られた。修験者《しゅげんじゃ》の身につける修験念仏を真髄とする。源信が『往生要集』で唱えた観想念仏（阿弥陀仏の姿を思い浮かべ、名を唱えて自身の往生を願う）すら、修験念仏から解放され得ない社会風潮が濃かった。そうした状況下にあって、法然は真髄から念仏を一切衆生のものと化した。

専修念仏は弟子の親鸞に受け継がれると、人はみな誰もが自力で救われない悪人であるとし、悪人を救う阿弥陀仏の本願をひたすら信じ、すべてをその手に委《ゆだ》ねて、その本願から念仏させられるがままという絶対他力の深い境地に至った。でなければ「愚禿《ぐとく》親鸞」などと自称できるものではない。『歎異抄』から一文引く。

「一人いて悲しい時は二人いると思え、二人いて悲しい時は三人いると思え、その一人は親鸞なり」

法然は『方丈記』が成った年に没した。親鸞は長明が没したとき四十三歳である。法然も親鸞も、当時の旧教団の迫害に遭って、流罪に処されている。それらの迫害は、四半世紀に渡るものであった。

そんな同時代に長明が「舌根をやとひて、不請の阿弥陀仏」と記すとは、とうてい尋常とは考えられない。もちろん博識であるがゆえ、巧みな言語的隠蔽《いんぺい》を施しているものの、当時の旧教団における観想念仏や、念仏作法から逸脱するからだ。読み換えれば「称名念仏を、作法抜きで」にほかならず、法然や親鸞の「専修念仏」に通じるものとうかがい知れる。それが真実だとすれば、長明という人の心がどんなものかも、おのずとうかがい知れよう。

長明という人は才知にあふれながら、それが他人から疎《うと》まれるように働くところがあったと映る。自分を讃《たた》え、他人を毀《き》することを、仏教では「自讃毀他《じさんきた》」と言う。釈尊が悟りを開くとき、凄絶《せいぜつ》な戦いの果てに魔王を退けた。

「悪魔よ、汝の第十軍は自讃毀他なり。悪魔よ、去れ」

そこに至らない自分を見つめ、そして世の中の悲惨を見つめながら、長明という人は傷ましいまでに戦っていたろう。

そうであるから、惨めに孤独で悲しい時は、小編『方丈記』を懐に収めながら、十歳の男児と連れ立つ長明がかたわらにいると思え。

＊　　＊　　＊

時に、建暦《けんりやく》の二年《ふたとせ》、弥生のつごもりごろ、桑門の蓮胤《れんいん》、外山の庵にて、これを記す。

『方丈記』訳

このとき、建暦の二年の弥生のつごもりごろ、僧籍にある蓮胤が外山の庵において、この文を記すのである。

この鴨長明『方丈記』の成立は、東日本大震災のあった二〇一一年三月十一日から遡って、七百九十九年前に当たり、二〇一二年で八百周年を迎える。

（了）

鴨長明の生きた時代〈略年譜〉

仁平3年（1153）または久寿2年（1155）

賀茂御祖神社の摂社・河合社の禰宜、長継の次男に生まれる

保元元年（1156）　保元の乱

平治元年（1159）　平治の乱

仁安2年（1167）　平清盛、太政大臣となる

承安5年（1175）　法然、専修念仏を唱える

安元3年（1177）　京の都に大火事発生

治承4年（1180）　京に大風／福原遷都・還都／富士川の戦い

治承5年／養和元年（1181）　平清盛没／全国に大飢饉

元暦2年／文治元年（1185）

平氏滅亡／京に大地震／東大寺再建、大仏開眼法要

文治3年（1187）　長明、「千載和歌集」に1首入集

建久2年（1191）　栄西、宋より帰国し禅宗を広める

建久3年（1192）　源頼朝、征夷大将軍となる

建久10年（1199）　頼朝没、北条支配強まる

建仁元年（1201）　長明、和歌所の寄人になる

元久元年（1204）　長明、出家して法名・蓮胤となり大原にこもる

元久2年（1205）　長明、藤原定家ら撰進の「新古今和歌集」に10首入集

建永2年（1207）　法然、親鸞、流罪となる（のち赦免）

承元2年（1208）　長明、この頃、日野の外山に方丈の庵を結ぶ

建暦元年（1211）　長明、源実朝に会いに鎌倉へ

建暦2年（1212）　法然没／長明、「方丈記」を書き上げる

建保4年（1216）　鴨長明没す

鴨長明（かものちょうめい）：俗名は「ながあきら」、出家後の法名は蓮胤。平安～鎌倉期の歌人・随筆家。琴や琵琶の名手としても名高い。位階は従五位下。歌集「鴨長明集」、歌論書「無名抄」、仏教説話集「発心集」などを著した。

著者……松島 令（まつしま・りょう）

作家、金融・経済評論家。元大蔵官僚。旧大蔵省・国際金融局と財務局にて「プラザ合意」の外為協調介入担当官、証券検査官、経済調査官などを歴任。退官後、2000年12月に金融犯罪小説『証券検査官』（宝島社）で作家デビュー。国際経済謀略小説『天空の牙―ドル失墜の日』（同）などで、早くから「ドル崩壊＝アメリカ中心の世界観の終焉」を予見、自身の「プラザ合意」体験から『実録・日米金融交渉』（アスキー新書）も著している。いっぽうで、青年期からの仏典研究をいまも続けている。1957年生まれ。仙台市在住。

装丁……水谷 イタル

平成「方丈記」＊自由訳プラス
3・11後を生きる仏教思想

2012年3月1日　初版第1刷発行

著　者　　松島 令
発行者　　杉山尚次
発行所　　株式会社 言視舎
〒102-0071 東京都千代田区富士見2-2-2
電話 03-3234-5997　FAX 03-3234-5957
http://www.s-pn.jp/
編　集　　富永虔一郎
デザイン・組版　M2
印刷・製本　（株）厚徳社

ISBN 978-4-905369-24-0 C0015